DUMONT

Shinjuku, ein Viertel in Tokio: Hier treffen sie aufeinander – Yama, ein gescheiterter Fernsehautor Mitte zwanzig, und Yume, eine wortkarge Kellnerin. Beide sind sie Außenseiter, beide haben sie die Hoffnung, ihren Platz im Leben zu finden, fast aufgegeben. Yume arbeitet in einer Bar namens Karinka, die schrägen Vögeln ebenso eine Heimat bietet wie streunenden Katzen. Als Yama diesen Ort das erste Mal betritt, ist er völlig fasziniert: von den Menschen, der Stimmung und der besonderen Rolle, die die Vierbeiner im Karinka spielen. Er fasst Vertrauen zu Yume, mit der er sich bald gemeinsam um die Straßenkatzen kümmert. Aus der Freundschaft der beiden scheint mehr zu werden, doch dann holt Yume ihre Vergangenheit ein …
›Die Katzen von Shinjuku‹ handelt von zwei Menschen, die mit sich selbst hadern und einander zu retten versuchen: ein bittersüßer Roman mit Blick für die kleinen Dinge, einfühlsam und mit viel Wärme erzählt.

Sabine Mangold, geboren 1957, studierte Germanistik, Kunstgeschichte und Japanologie. Sie hat zahlreiche japanische Autor*innen – darunter Haruki Murakami, Yoko Ogawa und Kazuaki Takano – ins Deutsche übertragen. Für ihre langjährige Arbeit wurde sie 2019 mit dem Übersetzerpreis der Japan Foundation ausgezeichnet.

Durian Sukegawa

Die Katzen von Shinjuku

Roman

Aus dem Japanischen
von Sabine Mangold

DUMONT

Von Durian Sukegawa ist bei DuMont außerdem erschienen:
Kirschblüten und rote Bohnen
Die Insel der Freundschaft

MIX
Papier aus verantwortungsvollen Quellen
FSC® C083411
www.fsc.org

Dieses Buch wurde klimaneutral produziert.
Klimaneutral Druckprodukt
ClimatePartner.com/17531-2110-1001

Februar 2022
DuMont Buchverlag, Köln

First published in Japan by POPLAR PUBLISHING CO., LTD.
German translation rights arranged with POPLAR PUBLISHING CO., LTD. through JAPAN UNI AGENCY, Inc. and The Agency SRL.

Die japanische Originalausgabe erschien 2019 unter dem Titel ›Shinjuku no neko‹ bei Poplar Publishing Co., Ltd., Tokio.

Übersetzung: Sabine Mangold
Umschlaggestaltung: Lübbeke Naumann Thoben, Köln
Umschlagabbildung: Muster © Sylverarts / istock images;
Katze © Desins / Depositphotos
Satz: Angelika Kudella, Köln
Gesetzt aus der Scala und der Archer
Druck und Verarbeitung: CPI books GmbH, Leck
Gedruckt auf säurefreiem und chlorfrei gebleichtem Papier
Printed in Germany
ISBN 978-3-8321-6620-5

www.dumont-buchverlag.de

1

Wie soll ich anfangen, davon zu erzählen, was sich in jenen Tagen zugetragen hat?

Ich habe nur noch lose Erinnerungsfetzen in meinem Kopf. Das große Schlagwort »Wirtschaftsboom«, das jene Epoche umschreibt, war damals in aller Munde, aber streng genommen profitierte nur die reiche Allgemeinheit. Für jemanden wie mich, der ohnehin nicht genug Geld zur Verfügung hatte und es gewohnt war, sich nach der Decke zu strecken, war das kein passender Begriff, um eine Lebensphase zu charakterisieren.

Ich denke, es war eine Zeit, in der sich die Gesellschaft insgesamt in einem leichtfertigen Taumel befand. Die Grundstücke wurden teurer, je mehr ihr Wiederverkauf ins Rollen kam, und die Preise für Wohnungen in der City kletterten auf Millionensummen. Natürlich hielten auch in Shinjuku die Immobilienhaie alle Fäden in der Hand.

Wenn man durch dieses Viertel von Tokio spazierte, sprang einem die Vielzahl an geschlossenen Bars ins Auge. An den Türen verkündeten Schilder zwielichtiger

Firmen, dass die Straßenzüge einer baldigen Sanierung entgegensahen. Es muss damals viele Leute gegeben haben, die durch den Erwerb von Immobilien und gewagte Spekulationen einen Reibach gemacht haben.

Für mich persönlich allerdings war es eine Zeit des Strauchelns. Mir war, als prallte ich ständig gegen Mauern in einem steinernen Labyrinth. Allein schon deshalb, weil alle an eine rosige Zukunft glaubten, fühlte ich mich als Einzelkämpfer und umso elender.

Aber in diesen tristen, chaotischen Tagen lag bereits der Keim einer Entwicklung verborgen, die mein späteres Leben beeinflussen sollte. Ein Spiel hatte damit zu tun, das ich zufällig in einer Kneipe beobachtete, in die ich ebenso zufällig geraten war. Lassen wir hier diese Geschichte ihren Anfang nehmen, die wahrscheinlich ziemlich lang werden wird.

Eine Katzenwette.

Als ich begriff, was die Männer am Tresen neben mir da veranstalteten, überkam mich ein längst vergessenes Gefühl. Es war das Ankämpfen gegen einen Lachanfall, als hüpften warme Bällchen in meinem Inneren.

Die Kneipe war eine abgeranzte Spelunke, lang und so schmal, dass man nicht einmal seine Tasche dort abstellen konnte. Es gab nur eine einzige Reihe von Barhockern, auf denen die Kunden wie Erbsen in einer Schote eng nebeneinanderhockten.

Hinter der Sitzreihe ragte gleich die Wand auf. Man konnte sich bequem anlehnen, aber sobald ein etwas beleibterer Besucher auf einem der Hocker saß, war nicht mehr genug Platz, um sich an ihm vorbeizuschieben. Wenn jemand aufstand, um zur Toilette zu gehen, mussten alle anderen aufspringen. Dann begann eine Turnerei, bei der man sich möglichst rücksichtsvoll erhob und verrenkte.

Doch gerade weil die Bar ein solch absurd enger Schlauch war, kam man mit den Sitznachbarn leicht ins Gespräch. Was ich ebenso genoss wie die Gesellschaft der Katzen an diesem Ort. Hier fanden für mich entscheidende Begegnungen statt, infolge derer ich mit Lebensgeschichten konfrontiert wurde, denen ich mich nicht mehr entziehen konnte.

In Shinjuku trieb ich mich seit meiner Studentenzeit herum. Es gab hier immer etwas zum Stöbern, Läden mit CDs und Antiquariate. Manchmal schlenderte ich auch einfach neugierig durch die Straßen mit den Love-Hotels. Natürlich kannte ich längst nicht alles in diesem Bezirk. Was zum Beispiel das Ausgehen betraf, so hielt ich mich an den Rat meines Japanischlehrers an der Oberschule, der uns empfohlen hatte, nur in einem ganz bestimmten Teil des Viertels trinken zu gehen. (Für gewöhnlich beschäftigte er sich mit philosophischen Fragen wie der, was der Mensch überhaupt ist. Aber er hatte auch den ein oder anderen praktischen Ratschlag für uns. »Wer auf eine Tokioter Uni geht, sollte die Bars *hier* aufsuchen«, empfahl er uns im Unterricht und schrieb mit weißer Kreide »Shinjuku Golden Gai« an die Tafel.)

Es ging zwar das Gerücht um, dass das Viertel bald den Grundstücksspekulationen zum Opfer fallen und ausgelöscht werden würde, aber dennoch herrschte in Golden Gai mit seinen über zweihundert kleinen Kneipen zu dieser Zeit noch ein recht lebhaftes Treiben.

Dieses Viertel besteht seit der Nachkriegszeit. Wenn ein Betrunkener von einer Kneipe genug hat, braucht er nur in die Bar nebenan und danach noch ein Haus weiterzutorkeln. Wie die Motte wird er vom Licht angezogen und geleitet. Ein ganzes Besäufnis lässt sich so auf ein kleines Areal beschränken.

Obwohl ich nicht viel Geld besaß, hielt ich es genauso, wenn ich in Golden Gai unterwegs war. Die Kneipenwirte und -wirtinnen in den Spelunken hier machten sich nie lustig über einen jungen Bengel wie mich, sondern redeten mit mir auf Augenhöhe. Erfreut darüber schweifte ich in einer Mini-Galaxie von etwa fünfzig Metern Radius zwischen roten, blauen und weißen Sternen umher. Insofern trieb ich mich so gut wie nie in den populären Vergnügungsvierteln Block zwei und drei rund um das Koma-Kabuki-Theater herum.

An diesem einen Tag aber wollte ich mich unbedingt betrinken. Ich war nämlich total niedergeschlagen. Vom Scheitel bis zur Sohle fühlte ich mich als Versager, verfluchte mich selbst. Für einen Selbstständigen wie mich, dessen zahlreiche Schüsse jedes Mal das Ziel verfehlten, gab es noch weniger Verwendung als für einen Becher ohne Boden.

Der Grund für meine Depression lag in einer Produktionssitzung des Fernsehsenders TV Akasaka, bei der ich von dem Direktor und dem Produzenten zusammengestaucht wurde, bis ich fast ganz vom Stuhl verschwand. Obwohl ich die ganze Nacht hindurch einen Katalog von fünfzig Quizfragen mit Antwortmöglichkeiten ausgetüftelt hatte, wurde am Ende bloß eine einzige Frage davon ausgewählt: *Auf welche Art Tier beziehen sich die Bezeichnungen Hachiware, Sabatora und Kijitora?*

»Aber der Rest ... Das ist doch alles Unsinn«, sagte der Direktor mit einem Stirnrunzeln und warf die übrigen neunundvierzig Bögen in den Papierkorb.

»*Was wäre eine passende Beschreibung für eine unglückselige Lebensphase? Erstens: eine Phase, in der man für etwas nicht ausgewählt wird, aber auch nicht auserwählt ist. Zweitens: eine Phase, in der man für etwas ausgewählt wird, obwohl man nicht auserwählt ist. Drittens: eine Phase, in der man nur noch trinkt und schläft, weil man für etwas nicht auserwählt worden ist.* Was soll das bedeuten? Hältst du das etwa für eine geeignete Quizfrage? Du hast da wohl etwas grundsätzlich missverstanden.«

Der Direktor verzog angewidert das Gesicht, als hätte er an Rost geleckt.

»Tut mir leid«, sagte ich und schaute betreten zur Seite.

Die Tatsache, dass so gut wie keine Quizfrage aus dem Katalog brauchbar war, würde garantiert an meinen Mentor weitergetragen. Diese Aussicht deprimierte mich noch mehr.

Ohne Aufmunterung zu finden, trottete ich bald wie

eine leere Hülle unter dem trüben Aprilhimmel dahin. Als ich in den Toilettenspiegel der Station Akasa-Mitsuke schaute, blickte mir eine Wachspuppe aus Madame Tussauds Kabinett entgegen. Offenbar hatte ich nicht nur meine Energie, sondern sogar jegliche Fähigkeit zur Mimik in dem Besprechungszimmer eingebüßt. Da war keine Freundin, die mich hätte trösten können. Schließlich blieb mir nur der letzte Strohhalm: Alkohol. Ich hätte genauso gut in mein Apartment in Takadanobaba zurückkehren und schlafen können, aber stattdessen zog es mich magisch nach Shinjuku.

Wie betäubt stieg ich in die Marunouchi-Linie, die mich zur Station Shinjuku-Sanchôme brachte. Ausgespuckt ins Gewimmel, überquerte ich, noch immer Wachspuppe, den Yasukuni-Boulevard. Bis zum stockdunklen Abend war es jedoch noch ein Weilchen hin. In der Dämmerung, die den Himmel über Shinjuku lachsrot färbte, war Golden Gai noch nicht aus dem Nachmittagsschläfchen erwacht, um sich für den Abend bereit zu machen.

Eine Reihe matter Schilder ohne Beleuchtung. In unregelmäßigen Abständen geschlossene Bars, auffällig wie Mottenlöcher. Eine finstere Passage, menschenleer. Ich wusste nicht mehr weiter. Wahrscheinlich bin ich deshalb in Richtung des Kabuki-Viertels mit den Love-Hotels abgebogen: Ich wollte wohl dieser tristen Szenerie entkommen, die meine eigene düstere Gemütslage widerspiegelte.

Gegenüber eines verwaisten Love-Hotels entdeckte ich

eine Kneipe mit einer roten Hängelaterne am Eingang. Die Laterne hatte ein Loch, und die dadurch sichtbare Birne glühte wie ein Leuchtfeuer im Reich der Dämonen. Als ich durch die Glastür ins Innere lugte, sah ich ein paar Gäste an einem lang gestreckten Tresen sitzen.

Auf der Laterne standen dicht gedrängt Zeichen, die das Wort »Karinka« zu ergeben schienen. Ich wusste nicht so recht, ob ich die Zeichen richtig las, dachte zunächst an das Wort für Quittenblüten, »Karinbana«. Aber dann kam mir der Gedanke, dass der Name wohl nach »Kalinka« klingen sollte. Es gab doch ein russisches Volkslied mit so einem Titel. Ob man da drinnen wohl auch russische Speisen servierte? Vielleicht spielten sie sogar Lieder des Alexandrow-Chors?

Mir kam die Idee, dass ein Besuch der Kaschemme verwertbares Material für das Nachrichtenmagazin, für das ich arbeitete, ergeben könnte, und so schob ich die gläserne Eingangstür auf.

Damit war eine schicksalhafte Wendung in meinem Leben quasi schon besiegelt. Was daran so schicksalhaft war, werde ich nun nach und nach erzählen.

Als ich den Laden betrat, hörte ich nicht den Chor der Roten Armee, sondern einen Blues, gesungen von einer heiser krächzenden Reibeisenstimme, die an einen gestrandeten Pottwal erinnerte. Tom Waits' »Downtown Train«.

Aber davon wollte ich nicht erzählen.

Sondern von dem Katzen-Glücksspiel.

Da ich zum ersten Mal hier war, war ich ein wenig nervös, als ich durch die Glastür schlüpfte. Nachdem die junge Frau aus der Küche mich mit einem genickten »Bitte« auf einen Platz ganz hinten verwies, bahnte ich mir schüchtern einen Weg am langen Tresen vorbei zu einem freien Hocker am Ende der Bar. Drei Gäste mussten sich gymnastisch verrenken, um mich durchzulassen. Ich bestellte einen Shōchū-Highball und richtete mich auf, als ich den ersten Schluck nahm.

»Ich setze auf die Braut.«

»Ich auf Boss.«

Ich hatte keine Ahnung, wovon die beiden redeten, die da neben mir saßen.

Der Typ mit der Braut war um die fünfzig und hatte eine Dauerwelle, die wie ein Vogelnest aussah. Er trug eine Sonnenbrille, und wenn er den Mund öffnete, blitzte links eine Reihe Goldzähne hervor. Er sprach mit Akzent, aber den genauen Dialekt konnte ich nicht ausmachen.

Der andere, der den Boss erwähnt hatte, war ein magerer Typ und schien nur wenig älter als ich selbst, damals siebenundzwanzig. Er hatte langes, rötlich gebleichtes Haar und trug ein T-Shirt mit dem Aufdruck einer Gibson-Les-Paul-Gitarre.

Ob Profi oder nicht, auf jeden Fall machte er den Eindruck, als würde er sich als Musiker versuchen. Er trug Jeans, und seine nackten Füße stecken in Getas. Sein Gesicht hatte etwas Klobiges, genau wie seine Holzsandalen. Insgeheim verlieh ich ihm den Spitznamen »Geta-Rocker«.

Vogelnest holte einen Stift aus seinem schwarzen Handtäschchen, das einem Geldeintreiber hervorragend gestanden hätte, und schrieb die beiden Begriffe – Braut und Boss – jeweils auf die Papierhüllen ihrer Einweg-Stäbchen.

Die zwei nahmen einen Schluck Bier-Mix aus ihren Hoppy-Krügen und fingen an, über jemanden zu tratschen.

»Sein Sohn ist ein kluges Bürschchen. Der geht jetzt auf eine Uni in Aserbaidschan«, sagte Vogelnest, worauf Geta-Rocker die Stimme senkte.

»Aserbaidschan?«

»Ja. Bei der Auflösung der Sowjetunion sind doch einige Zwergstaaten entstanden. Aserbaidschan ist einer davon. Wegen seiner Ölproduktion wird das Land immer mehr an Bedeutung gewinnen.«

»Hm ... Aber weiß das kluge Bürschchen auch, dass sein Vater aufgetakelt, geschminkt und in Netzstrümpfen hier durch Shinjuku zuckelt?«

Obwohl ich zum ersten Mal hier war und die Geschichte spannend klang, konnte das Interesse darüber die Leere in meinem Inneren nicht verdrängen. Ich hatte meine erbärmliche Rolle satt, wollte keine Quizfragen mehr für den Papierkorb fabrizieren. Lustlos nippte ich an meinem Drink. Unauffällig, wie es in Kneipen üblich ist, hörte ich den beiden Männern zu, ohne mich zu ihnen umzudrehen.

Trotz ihres eifrigen Dialogs über den Dragqueen-Daddy schauten sich Vogelnest und Geta-Rocker nicht direkt an. Mit leicht erhobenen Köpfen blickten sie auf einen Punkt schräg über ihnen. Anscheinend beschäftigte sie das in der Mitte der Küchenwand eingelassene Fenster. Es war eigentlich bloß eine kleine Öffnung, in die, der Größe nach zu urteilen, früher vermutlich eine Klimaanlage eingebaut gewesen war. Nur durch dieses Fenster und die Glastür konnte man erkennen, ob es draußen hell oder dunkel war.

Durch die Öffnung blickte man auf die Betonumfriedung und die Ziegelwand des Nachbargebäudes. Mehr war nicht zu sehen – keine Ahnung, wonach die beiden da Ausschau hielten.

Vogelnest rief: »Oh!«, und erhob sich kurz, als ein Essen aus der Küche kam, ein Eintopf, den er offenbar bestellt hatte. Genau in dem Moment, in dem er die dampfende Schüssel in Empfang nahm, entfuhr auch mir im Stillen ein »Oh!«.

Draußen am Fenster saß eine Katze.

Eine getigerte Katze mit schwarz-braun gestreiftem Fell. Sie hockte auf der Grundstücksmauer und schaute zu uns hinunter.

»Yippie! Boss!«

Geta-Rocker warf sich in Siegerpose. Die Katze duckte sich erschrocken, vermutlich wegen des lauten Geschreis in der Bar. Sie hatte eine frische Wunde am Kopf. Ihre großen bernsteinfarbenen Augen leuchteten.

»Ich hab's doch gesagt: Boss!«

»Hey, wart mal! Bist du dir sicher?«

Die Katze blickte direkt auf uns hinab. Ihre Augen

zuckten hin und her, als würde sie jemanden suchen, bis sie merkwürdigerweise mich anstarrte. Ihr Ausdruck änderte sich nach einem kurzen Moment abrupt. Sie schien gelangweilt und verschwand schließlich aus unserem Sichtfeld.

»Mann! Reiß dich mal zusammen!«

Vogelnest schnalzte mit der Zunge und stieß dem triumphierenden Geta-Rocker mit dem Ellbogen in die Seite.

Dann setzte er die Sonnenbrille ab und drehte sich mit einem betrübten Lächeln zu mir, als würde er um Mitleid heischen. Die Goldzähne blitzten. Seine Augen waren so klein wie die Kerne einer Kakipflaume.

Die beiden wetteten also darum, welche Katze als Nächstes am Fenster erscheinen würde. Das war ein Ding! Ein echter Knaller.

Die schmale Kneipe hatte sich mit einem Mal in ein Katzentheater verwandelt. Mein Raum-Zeit-Gefüge wurde durch die beiden Typen neben mir und die im Fenster erschienene Kulleraugen-Katze komplett ausgehebelt. Vogelnests Gesicht, entblößt und ohne Sonnenbrille, war der Hammer. Ich spürte ein Glucksen im Bauch und versuchte, mich zu beherrschen, indem ich wiederholt mit aller Kraft die Zehen krümmte.

»War das echt Boss?«

»Na klar! Das war Boss! Man erkennt ihn doch an den Augen!«

»Jedenfalls gibt es hier nur zwei Katzen mit diesem Fell. Die andere …«

»Direktor hat ein zerfleddertes Ohr, von einem Gerangel. Bei dem hier waren aber beide Ohren spitz aufgestellt. Also war es Boss.«

Direktor? Wie diese Katze wohl aussah? In meinem Kopf tauchten mehr und mehr Fragen auf. Beteiligten sich alle Gäste an der Katzenwette? War dieser Laden hier etwa ein geheimes Katzenkasino? Wie hoch war der Wetteinsatz? Mischte Dragqueen-Daddy da auch mit?

Mein niedergeschmettertes Ich, das vorhin mit hängendem Kopf vor dem Gebäude von Akasaka TV gestanden hatte, löste sich im Dampf des Eintopfs auf.

Einige der warmen, hüpfenden Bällchen in meinem Bauch zerplatzten, und das überzeugte mich davon, dass es die allerbeste Entscheidung gewesen war, sich hierhin treiben zu lassen.

Ich schaute mich nun genauer im Laden um. Am Kücheneingang hing eine kleine schwarze Tafel mit der angepinnten Speisekarte. Die junge Frau um die zwanzig, die mir vorhin meinen Platz zugewiesen hatte, war dort allein zugange und lief geschäftig zwischen Grill und Spüle hin und her.

»Yume-chan, ich hab verloren. Ich gebe einen aus. Noch einen Hoppy für den da. Sonst noch was?«

»Eine Yakitori-Platte wär nicht schlecht.«

»Meinetwegen. Hast du gehört? Schreib alles bei mir an.«

Yume-chan. So hieß also die Frau in der Küche. Meine Ohren registrierten eifrig ihren Spitznamen.

»Habt ihr's wieder getan?«

Die junge Frau namens Yume-chan näherte sich mit einem neuen Glas Shōchū auf Eis. Auf ihrer Stirn perlte der Schweiß.

»Ja. Diesmal ist Boss aufgekreuzt. Ich hab's vermasselt.«

»Hm, das war ja auch nicht gerade leicht zu erraten.«

Yume-chan beugte sich vor, stellte das Glas auf den Tresen und goss den Hopfentrunk nach. Der Cocktail leuchtete bernsteinfarben. Alle Gäste tranken das Gleiche. Hier in diesem Laden war offenbar generell Hoppy angesagt.

»Endlich mal wieder gewonnen«, rief Geta-Rocker und führte das volle Glas zum Mund. »Boss sei Dank, dass ich in den Genuss eines Drinks komme.«

»Ach ja?«

Geta-Rocker lächelte ihr zu, aber Yume-chan blieb überraschend ungerührt.

Sie wischte sich mit einem feuchten Lappen die verschwitzte Stirn ab.

»Wollt ihr Salz oder Soße zum Fleisch?«, fragte sie die beiden, bevor sie wieder zum Grill zurückkehrte. Sie war offenbar nicht der Typ Mensch, der leicht zum Lachen zu bringen war.

Das war mein erster Eindruck von Yume-chan: Zwar räumte sie ein, dass der Ausgang der Katzenwette nicht leicht zu erraten gewesen war, aber sie schenkte Geta-Rocker zu seinem Erfolg nicht einmal ein kleines Lächeln. Vielleicht hatte sie dafür auch einfach keinen Kopf. Vor dem Grill mit der glühenden Holzkohle musste es verdammt heiß sein. Yume-chan schwitzte sicher. Und es kam eine Bestellung nach der anderen. Wahrscheinlich war es ihr völlig egal, wer bei der Wette gewann oder verlor.

Plötzlich verspürte ich ein brennendes Interesse an der Kneipe und den Menschen hier. Ich tat es meinen beiden Nachbarn gleich, indem ich auch einen Hoppy bestellte. Mit verschwitzter Stirn reichte Yume-chan mir den Hopfentrunk und ein Glas Shōchū, damit ich mir daraus den Drink mischen konnte.

»Hallo, verzeihen Sie …«

Ich kam mir zwar etwas blöd vor, fragte aber trotzdem: »Wie spricht man den Namen der Kneipe eigentlich aus? ›Karinka‹?«

»Ja, richtig, aber …«

»Aber?«

»Sie können die Kneipe nennen, wie Sie wollen.«

»Wie ich will?«

»Alles recht.«

Nicht mal ein falsches Lächeln hatte sie für mich übrig.

Auch ihre Stimme klang sonderbar. Sie lallte ein wenig, als wäre alle Luft aus ihr gewichen. Ihre Miene, die ausdruckslos schien, war ebenfalls speziell. Ihr linkes, mandelförmig geschnittenes Auge nahm mich wahr, aber in ihrem etwas runder geformten rechten Auge kam ich nicht vor.

Und wenn ihr auch alles recht war, ich war irritiert.

Ich warf ihr einen verstohlenen Blick hinterher, als

sie wieder in die Küche verschwand. Obwohl sie nicht lächelte, wirkte sie nicht zickig oder arrogant. Wollte man es metaphorisch beschreiben, dann war ihr Gesicht von der transparenten Membran der Nacht, die sich über den Abend senkte, bereits umflort.

Energisch straffte ich meinen Rücken und bestellte eine Yakitori-Platte wie meine Nachbarn.

»Mit Salz oder mit Soße?«, rief Yume-chan, ohne sich vom Grill abzuwenden.

Warum zögerte ich? Einfache Fragen wie diese stürzen mich oft in Verwirrung, sodass ich nie direkt reagieren kann. Und an jenem Abend brauchte ich besonders lange für die Antwort: »Mit Salz, bitte!«

Ein Weilchen später servierte Yume-chan mir und meinen beiden Nachbarn jeweils eine Grillplatte. Auch diesmal musste sie sich über den Tresen strecken, um die Teller abzustellen.

Yume-chan war von eher kleiner Statur. Wie sie da vor mir stand, während ich saß, befanden sich unsere Gesichter ziemlich auf Augenhöhe. Deshalb irritierte mich ihr schiefer Ausdruck wohl noch mehr.

»So, als Nächstes tippe ich auf Toto.«

»Ach, die Hachiware-Katze? Dann nehme ich Pop.«

»Aha, die schwarze, ja?«

Die beiden neben mir starteten offenbar eine neue Wette, während sie das gebratene Huhn mampften. »Hachiware«, um diese Bezeichnung war es auch in meiner bereits erwähnten Quizfrage gegangen. Das war der Fachausdruck für eine Katzenart mit schwarz-weißem Fell, bei der ein charakteristisches Mal in Form des Zeichens für die Ziffer acht die Stirn überzog.

Bei mir zu Hause in Takadanobaba ließen sich diese Katzen auch hin und wieder blicken. Ich mochte diese Tiere schon immer, hatte den Begriff »Hachiware« aber für meine Quizfrage recherchieren müssen. Daher wunderte ich mich, dass die beiden so gut Bescheid wussten.

»Yume-chan, dein Yakitori schmeckt super!«, rief Vogelnest in die Küche, während er den Spieß abknabberte.

»Aha«, lautete die lapidare Antwort.

Das Yakitori war wirklich gut. Fürs Huhn tat es mir leid, aber das Filet, der Lauch, die Innereien, die Haut und die Fleischbällchen hatten wirklich eine Auszeichnung verdient. Die Spieße waren alle gut durchgebraten, die prallen Fleischbrocken saftig und schmackhaft. Auch der Grad der Würze war exzellent. Es war das reinste Sinnesvergnügen: als würden die Geschmacksnerven gestreichelt, ohne dass der Reiz allzu stark wurde. Die Spieße passten vorzüglich zum Hoppy.

»Ha! Mensch!«

Vogelnest erhob sich, und ich blickte ebenfalls auf, noch mit vollem Mund.

Es war bereits dunkel, aber das Licht, das aus dem kleinen Fenster der Kneipe fiel, beleuchtete die Betonmauer dahinter. Da saß eine Katze. Eine weiße. Ihr angestrahltes Fell schimmerte wie eine zarte Blüte. Die leuchtend blauen Augen aufgerissen, starrte sie in den Laden.

»Mist!«

Meine beiden Sitznachbarn blickten genervt zur Decke, aber Geta-Rocker zeigte sich – vermutlich wegen seines Treffers vorhin – großmütig und begrüßte die Katze mit ihrem Spitznamen: »Queen, du hübsches Ding!«

»Das ist doch nicht Queen. Das ist Slip.«

»Nein, Slip läuft immer die Nase. Außerdem lässt der sich hier gar nicht mehr blicken.«

»Echt? Meinst du? Yume-chan, sag mal, ist das Queen oder Slip?«, rief Vogelnest in die Küche, wobei er auf die weiße Katze zeigte.

Yume-chan war gerade am Grill damit beschäftigt, die von den anderen Gästen bestellten Spieße zu braten, und reagierte nicht sofort. Indessen war die weiße Katze vor dem Fenster verschwunden. Vogelnest zeigte auf den Kühlschrank und rief in einem Ton, der sowohl schmollend als auch schmeichelnd klang: »Yume-chan, es hängt heute gar nicht da. Ich meine das Katzenplakat.«

»Ich pinne es an, wenn du schauen willst.«

Yume-chan hockte sich neben den Kühlschrank. Dort befand sich ein Regal, vollgestopft mit Zeichenpapier und Notizheften.

»Ich weiß eben nur fast alle Namen auswendig«, meinte Vogelnest zu Yume-chan, die mit dem Rücken zu ihm nach etwas kramte. Sie holte einen Bogen im Zeichenblock-Format, größer als DIN A4, hervor. Als mir die außergewöhnlichen Zeichnungen ins Auge sprangen, war ich direkt Feuer und Flamme. Ich glaube, ich werde wohl niemals mehr das Gefühl vergessen, das ich daraufhin verspürte. Auch jetzt noch kann ich mich an meine Überraschung damals deutlicher erinnern als an das, was ich gestern zu Abend gegessen habe.

Aber die Geschichte geht weiter. Die Welt erneuert sich beständig.

Auf dem Blatt Papier befanden sich Zeichnungen von allen möglichen Katzen. Karikaturen wie in einem Comic-Heft. Verschiedene Spitznamen und Symbole für die Geschlechtszugehörigkeit sowie Zahlen, die offenbar das Alter der Tiere betrafen. Außerdem gab es anscheinend eine Kurzbeschreibung jeder Katze in Mikroschrift.

»Ja, ja. Den brauchen wir, den Katzenplan«, rief Vogelnest erfreut.

Ein Katzenplan?

Yume-chan holte einen roten Magneten aus ihrer Schürzentasche und pinnte das Blatt an die weiße Kühlschranktür. Ich starrte so fasziniert auf die fein gearbeiteten Illustrationen, dass sie sich mir genau einprägten. Es waren insgesamt siebzehn Zeichnungen.

Ich sah drei Tabby-Katzen namens Mametarō, Daijirō und Hanayo abgebildet, außerdem zwei Kijitora-Katzen: Boss und der bereits genannte Direktor. Und ich erkannte drei schwarz-weiße Hachiware, die offenbar Toto, Coco und Shōta hießen. Dann gab es drei schwarze Exemplare – Drumstick, Pop und Sting – und zwei weiße, Queen und Slip. Zu ihnen gesellten sich noch zwei Schildpatt-Katzen – Braut und Rūko – , eine silbrig schimmernde Sabatora namens Muku und eine dreifarbige Mike-Katze, die den Namen Eri trug.

(Für alle, die Schwierigkeiten haben, die Katzenarten voneinander zu unterschieden, sei hier eine kurze Erläuterung gegeben: Tabby-Katzen haben ein helles, rotbraunes Fell und sind sehr anhänglich. Kijitora-Katzen sind schwarz-braun gestreift wie das Gefieder von Fasanenhennen. Sabatora sind silber-schwarz gestreift wie Makrelen. Schildpattkatzen sind genetisch bedingt meistens weiblich, was übrigens auch für die dreifarbigen Mike-Katzen gilt. Das Fell der Schildpattkatzen ist braunschwarz gefleckt, und die Augen leuchten bernsteingelb wie Hoppy.)

»Ha, das war eben tatsächlich Queen.«

Geta-Rocker verschränkte seine Arme hinterm Kopf und schenkte Yume-chan ein munteres Lächeln.

»Da wir beide falschlagen, wird wohl die Platzgebühr fällig. Ich übernehme. Was möchtest du haben?«

Yume-chan wischte sich erneut den Schweiß von der Stirn und lächelte. Zum ersten Mal. Mit diesem kleinen Lächeln erschien sie mir wie eine ganz andere Person. Ihre Augen leuchteten, wenn sie lächelte. Sie blitzten. Wie die der Katzen auf der Mauer.

»Danke. Ich nehme einen Lemon Sour«, antwortete sie.

Yume-chan holte ein neues Glas, um sich ihren Drink zu mixen, bevor sie wieder zum Grill zurückkehrte.

Ich fasste mir ein Herz und sprach meine Nachbarn an: »Äh, sagt mal, ist man bei der Katzenwette zu einer Platzgebühr verpflichtet?«

Geta-Rocker gab bloß ein trockenes Lachen von sich,

während Vogelnest mit zugleich nachsichtiger und strenger Miene – beides gut ins Gesicht geknetet – seine Goldzähne blitzen ließ: »He, junger Mann, pass auf, was du sagst. Hier sitzen auch schon mal Zivilpolizisten an der Bar. Wenn wir hier Katzenwetten veranstalten würden, wären wir längst verhaftet.«

»Aaah so?«, erwiderte ich gedehnt, als würde der runde Teil des Fragezeichens aus meiner Brust hervortreten.

»Das ist keine Wette, wir amüsieren uns bloß. Stell es dir vor wie so eine Art Miau-jongg. Wenn wir eins der Viecher im Fenster entdecken, rufen wir halt: ›Ha, 'ne Katze‹!«

»Tatsächlich?«

Geta-Rocker nickte von der Seite.

»Genau, das ist nur so ein kleines Spielchen zwischen uns.«

»Aber wieso müsst ihr dann dieser Yume-chan eine Platzgebühr zahlen, wenn keiner von euch bei dem Katzenspiel gewinnt?«

Geta-Rocker widersprach, so sei das ja gar nicht, und schüttelte heftig den Kopf, wobei seine Mähne umherflog.

»Yume-chan muss ganz allein in der Küche schuften. ›Platzgebühr‹ habe ich doch bloß aus Spaß gesagt, damit sie sich auch mal einen Drink gönnt. Das war nicht ernst gemeint.«

»Aha, verstehe«, murmelte ich und trank einen Schluck Hoppy, um die plötzlich entstehende Pause zu überbrücken.

»He, Kleiner, bis du zum ersten Mal hier?«

Vogelnest ließ seine Goldzähne blitzen, während er sich mit den Fingern durch die Haarkrause harkte.

»Ja.«

»Du bist wohl ziemlich fertig, was?«

»Wie meinst du das?«

»Sieht zumindest so aus.«

Kein Wunder. Ich war schließlich schon seit dem Nachmittag im Zustand einer Wachspuppe. Aber meine Verbitterung hatte sich inzwischen verflüchtigt.

»Dieser Plan der Katzen, hat sie ... Ich meine, hat Yume-chan das gezeichnet?«

»Ja, hat sie.«

Vogelnest nickte ausgiebig und rief mit extralauter Stimme: »Yume-chan kann nämlich auch exzellent malen.«

Wir schauten alle in der Reihe in Richtung Grill, aber Yume-chan drehte sich nicht um.

»Sind die Katzen miteinander verwandt?«

»Tja, wie soll ich sagen ...«

Geta-Rocker legte, den Humpen in der Hand, seinen Kopf zur Seite.

»Wenn man die Katzen aus dieser Gegend zeichnet, dann fertigt man wohl zwangsläufig eine Art Übersicht der verschiedenen Straßenkatzenfamilien an. Alle sind irgendwie miteinander verwandt. Das hat Yume-chan selbst mal so ausgedrückt.«

»Das Plakat zeigt aber keinen Stammbaum, oder?«

»Nein. Selbst Yume-chan würde es nicht gelingen, die

Ahnenreihen dieser Katzen zurückzuverfolgen. Außerdem sind einige von den üblichen Kandidaten in letzter Zeit gar nicht mehr hier aufgekreuzt, keine Ahnung, warum.«

»Junge, mal was anderes: Schmeckt dir denn das Yakitori?«

»O ja. Es ist total lecker.«

»Und? Hat unser Kleiner auch einen Namen?«

»Ja, Yamazaki.«

»Yamazaki. Und dein Vorname?«

»Seita Yamazaki. ›Sei‹ wie aufheitern und ›ta‹ wie massig.«

»Wir nennen dich Yama-chan, okay?«

»Was soll denn das?«, mischte Yume-chan sich aus der Küche ein. »Wenn du ihn sowieso einfach Yama-chan nennst, brauchst du ihn gar nicht erst nach seinem Vornamen zu fragen.«

Die anderen Gäste schauten genauso verwundert wie wir zu Yume-chan und fragten sich wohl ebenfalls, was genau sie daran so empörte.

»Na ja ... Ich dachte dabei an einen heiteren und massigen Yama-chan. So in etwa ...«

Vogelnest machte eine spaßhafte Geste, indem er mit den Händen einen Berg beschrieb, aber Yume-chan ignorierte ihn.

»Yama, wie der Berg?«

Die Stimme, die von ganz hinten aus der Küche kam, klang abermals so, als hätte man die Luft aus der Sprecherin herausgelassen.

»Ja, Yama, wie der Berg.«

Ob »Yama« denn überhaupt noch etwas anderes bedeute, hörte ich Vogelnest leise spötteln.

Yume-chan war seine Bemerkung nicht entgangen.

»Na klar. Yama, wie in ›Yamatai‹, du weißt schon, das alte japanische Reich.«

»Aber davon leitet sich doch kein Familienname ab.«

Vogelnest stieß sein Glas gegen meins, als er ihr widersprach. Yume-chan wandte sich erneut dem Grill zu. Ich hingegen trank mit meinen beiden Sitznachbarn auf die neue Bekanntschaft mit alten Seelenverwandten noch weitere fünf Hoppys. Dabei verkniff ich mir jedoch weitere Fragen zum Katzenspiel und zu dem Plan.

Ich wollte mich bei Yume-chan bei der nächsten Gelegenheit persönlich danach erkundigen, herausfinden, wieso sie über all die Katzen so gut Bescheid wusste. Ich hatte zwar keine Ahnung, in welcher Sendung ich ihre Geschichte unterbringen konnte, aber auf jeden Fall war sie brauchbarer Stoff. So oder so war an diesem Abend etwas in mir entstanden. Etwas hatte in mir beim Anblick des Katzenschaubilds zu keimen begonnen. In diesem Augenblick beschloss ich, demnächst öfter mal im Karinka vorbeizuschauen.

2

Zu jener Zeit war ich Berufsanfänger und bei einem berühmten TV- und Rundfunkautor in die Lehre gegangen. Oft fühlte ich mich wie ein drittklassiger Schreiberling, der nur Müll produzierte. Ich war ein kleines Licht und verbrachte Tag um Tag mit Subsub-Zulieferarbeiten für Radio- und Fernsehsendungen. Nebenbei war ich Trinker in Shinjuku und manchmal auch nur das heulende Elend, das auf einem Parkplatz in Golden Gai kauerte.

Es gab sehr viele Autoren, kaum anders als heutzutage, schätze ich. Einige hatten sich einen Namen gemacht wie damals mein Mentor und zogen sogar mit Promis um die Häuser, während andere auf der Schattenseite des Lebens herumkrochen, so wie ich es tat. Meine Aufträge beschränkten sich auf ein paar Dialoge und Konzepte, während ich auf die Chance hoffte, ein komplettes Drehbuch abgenommen zu kriegen.

Ich fühlte mich wie ein ewiges Ei, dessen Inneres bereits verdorben war. Selbstständig war ich nur dem Namen nach. Ich war ein Laufbursche, der von seinem Mentor schikaniert wurde, wenn er sich zu frei äußerte.

Wieso war das aus mir geworden? War dies das Schicksal, das mir zugeteilt worden war? Die Fragen, die aus meinem Inneren heraufdrängten, setzten mir ziemlich zu. Ich vergeudete meine Tage damit, aus einer Sackgasse zum trüben Himmel hochzublicken, ohne zu wissen, wo ich hingehörte.

In meiner Studienzeit hatte ich mich für Kino und Theater begeistert. Ich hatte eigene Drehbücher geschrieben, ein kleines Theaterstück inszeniert und mit Freunden zusammen Acht-Millimeter-Kurzfilme gedreht. Ansonsten besaß ich kein besonderes Talent, und ich sah auch keinen Reiz darin, mein Leben der Gier nach Geld und Macht zu verpfänden. Deshalb nahm ich an, es sei das Beste für mich, in meinem Beruf etwas Kreatives zu schaffen und anderen zu präsentieren. Ich glaubte, dieser Weg würde zu mir passen, und ich hoffte, ihn beschreiten zu können. Als es an die Berufswahl ging, dachte ich zuerst daran, bei einem Fernsehsender oder einer Filmproduktion unterzukommen.

Wann immer ich in der Vergangenheit Ideen entwickelt und dann Anzeichen von Konformitätsdruck bemerkt hatte, hatte ich mich seltsamerweise einschüchtern lassen. Ich war bereits an der Uni ein ewiger Außenseiter.

Schon die Uni-Aufnahmeprüfungen hatte ich als schwierig empfunden, und bei der Jobsuche war es nicht viel anders. Während die anderen hyperaktiv waren, konnte ich mich kaum aufraffen.

Als ich schließlich zum Jobcenter der Uni ging, um mir die Bewerbungsunterlagen der Firmen abzuholen, war die Sache fast schon gelaufen. Die Studenten, die es auf Fernsehsender und Verlage abgesehen hatten, rannten in der Regel so früh wie möglich los, schon ab dem zweiten Studienjahr, um sich über ihre Zukunftsmöglichkeiten zu informieren. Aber das war es nicht, was mich an jenem Tag beschäftigte. Es war eine grundlegende Erkenntnis, die mich erschütterte.

Vor dem Jobcenter standen Horden von Studenten im Bewerbungsdress. Vor allem vor den Info-Schaltern der Fernsehsender und Verlage herrschte ein Gedränge wie zur Rushhour.

Zuerst sah ich mir den Pulk aus der Ferne an, aber da sich nirgendwo eine Lücke zu ergeben schien, quetschte ich mich schließlich notgedrungen mit meinem fusseligen Pullover dazwischen. Wahllos griff ich nach einer Broschüre, es war die von TV Akasaka.

Das Erste, was mir in die Augen sprang, war die Zeile: »Farbfehlsichtige sind vom Eignungstest ausgeschlossen.«

Mich durchlief eine kalte Schockwelle, als würden irgendwo hinter dem Mars Planetisimale kollidieren. Sekundenlang stand ich einfach nur stumm da, oder war es noch viel länger gewesen? Ich erstarrte mit der Broschüre in der Hand. Nur meine Augen ruckten mehrmals über diese eine Zeile. Nachdem ich den Hefter wieder ins Regal gelegt hatte, nahm ich mir die Info-Blätter von Roppongi TV und Kojimachi TV vor und stieß auf den gleichen Satz: »Farbfehlsichtige sind vom Eignungstest ausgeschlossen.«

Ich blinzelte heftig, langte nach den Broschüren von TV Toranomon, TV Akebonobashi und denen der öffentlichen Anstalt in Shibuya, Hachiko-TV. Überall fand sich dieser fatale Satz. Aufgestempelt, wie mit einer Schablone gestanzt.

Aha. So war das also. Ich war für die Einstellungsprüfungen der Fernsehsender von vornherein disqualifiziert. Verdammt! Das hatte ich nicht geahnt.

Ich musste einige Male tief Luft holen, um mich zu beruhigen. Was für eine Pleite! Na schön, dachte ich. Kino passt sowieso besser zu meiner Persönlichkeit als Fernsehen. Es blieb zwar ein bitterer Nachgeschmack angesichts der Tatsache, dass mir der Zugang zur Berufseignungsprüfung so radikal versperrt wurde, aber die Zukunft schien nach wie vor offen vor mir zu liegen. Als Nächstes nahm ich mir die Filmproduktionsfirmen vor.

Zuerst schaute ich mir die Mappe von Tōhō an. Als ich den Ordner aufschlug, sprang mir sofort die gewisse Zeile ins Auge: »Farbfehlsichtige sind vom Eignungstest ausgeschlossen.«

Mein Hirn war blank. Ich schluckte den Speichel herunter und widmete mich den Firmen Tōei und Shōchikubai. Der gleiche Vermerk. Auch die Filmbranche erteilte mir eine Abfuhr.

Ich verspürte einen leichten Schwindel und musste mich an einem Regal abstützen. Sogar der Boden des Jobcenters schien zu wanken. Ganz bewusst atmete ich tief ein und aus und wechselte zu den Info-Ständen der Verlage hinüber. Auch dort herrschte Massenandrang.

Ich zog eine Mappe nach der anderen heraus und schlug sie auf.

Keine Chance. Alle großen Verlage hatten den Vermerk in der Broschüre: »Farbfehlsichtige sind vom Eignungstest ausgeschlossen.«

Und was war mit den Werbeagenturen? Mit den Firmen Dentsū und Hakushikido?

Auch sie verweigerten mir den Zutritt. Schließlich ging ich zu dem Info-Stand eines Unternehmens hinüber, das gar nichts mehr mit meinem Berufswunsch zu tun hatte. Ein Wertpapierhaus. Ich fischte die Unterlagen einer Gesellschaft aus den bereitliegenden Ordnern heraus.

»Farbfehlsichtige sind vom Eignungstest ausgeschlossen.«

Immer und immer wieder dieser Satz.

Ich hatte mich offenbar ziemlich lange im Jobcenter aufgehalten, denn als ich ins Freie trat und den Uhrenturm passierte, ging die Sonne bereits unter.

Ich hatte keine Ahnung gehabt, dass sich der Zugang zum Berufsleben für mich derart schwierig gestalten würde.

Ja. Ich war farbenblind. Waren die Farben blass, konnte ich den Unterschied zwischen Rot und Grün nicht so gut erkennen. Ich hatte eine Rot-Grün-Schwäche. Zu diesem Zeitpunkt dachte ich nur noch selten darüber nach, denn ich hatte im normalen Alltag eigentlich keine Probleme mehr damit. In der Schulzeit jedoch war ich bei diversen ärztlichen Kontrolluntersuchungen darauf hingewiesen worde. Dort wurde jedes Mal ein Test durchgeführt, bei dem man aus farbigen Punkten bestehende Ziffern erkennen musste. Dabei hatte ich immer versagt.

Heutzutage bezeichnet man Farbenfehlsichtigkeit eher als »vielfältigen Farbsinn« und stempelt sie, anders als in meiner Kindheit, nicht mehr als Behinderung ab.

»Ach, du leidest an Sehschwäche. Das wird dich später einmal bestimmt in Schwierigkeiten bringen«, prophezeiten mir die Lehrer. Aber es gab noch andere Jungs, die an dieser Anomalie litten. Tatsächlich hieß es, dass jede fünfhundertste Japanerin und jeder zwanzigste Japaner eine solche Farbschwäche hätten. Deshalb hatte ich die Sache unterschätzt. Da Farbschwäche bei uns Jungen so häufig vorkam, hielt ich diese Beeinträchtigung für harmlos. Und überhaupt konnte ich nicht begreifen, wieso ich von anderen wegen der Art, wie ich Farben wahrnahm, gehänselt wurde.

Denn ich erfasste doch die Welt mit meinen beiden Augen. Die Welt, in der wir lebten, schillerte wie ein Wunder. Knallig bunt. Wenn ich nach dem Regen über die Wiesen lief, glänzte das Licht besonders intensiv in den Tropfen, die auf den Blättern perlten.

Dieser Glanz besaß Kraft. Da war etwas, an dem ich Halt fand. Ich war weder besonders sportlich noch musikalisch, aber schon als Kind liebte ich es zu zeichnen. Ich erinnere mich, wie wir als Schüler Klebebilder anfertigten: Die Lehrerin mäkelte einzig an meinem herum, weil sie es nicht verstand. Trotzdem war ich davon überzeugt, eine gewisse künstlerische Begabung zu besitzen. Ich hatte mich als Student auch deshalb so enthusiastisch für Film und Theater engagiert, um herauszufinden, welche Schätze noch in mir verborgen lagen: Ich wollte meine Talente in der Gesellschaft zur Entfaltung bringen.

Aber nun schloss diese Gesellschaft ihre Pforten vor mir. Es war nicht so, dass ich bei der Einstellungsprüfung benachteiligt gewesen wäre. Ich bekam von vornherein nicht die Chance, von einem Prüfer gefragt zu werden, was für ein Mensch ich sei, was mich berührte, welche kreative Arbeit ich leisten wollte und wie ich mir mein Dasein vorstellte.

Als ich in mein Apartment zurückkehrte, ließ ich mich zu Boden sinken, hockte eine Weile einfach da mit umschlungenen Knien. Ich wurde zum Pilz, der atmete, blinzelte und litt.

In den Unterlagen für Berufseinsteiger war auch eine Reihe von Firmen aufgeführt, die nicht diesen Farbfehlsicht-Vermerk hatten. Da waren zum Beispiel Handelsfirmen. Bei den weniger großen hätte ich den Eignungstest sogar in der Kürze der Vorbereitungszeit bestehen können. Aber ich hatte es nie in Erwägung gezogen, als Handelskaufmann tätig zu werden. In Südostasien Ramen-Nudeln zu vertreiben, aus dem Nahen Osten Öl zu importieren oder eine landesweite Fried-Chicken-Imbisskette zu eröffnen: Das alles mochte durchaus seinen Reiz haben, aber es war ein anderer Menschenschlag, der sich zu solchen Aufgaben hingezogen fühlte. Ich war absolut nicht der Typ, der sich für so etwas ins Zeug legen und sein Leben lang totschuften wollte.

An jenem Abend saß ich grübelnd, ohne zu einem Ergebnis zu kommen, auf der schmalen Veranda des Hauses, in dem ich lebte, und leistete Dorao Gesellschaft. Dorao war eine Tabby-Katze, die allabendlich hier auftauchte und so lange maunzte, bis etwas Essbares für sie abfiel. Auch diesmal hörte sie nicht auf, ihr Lied zu singen, bis ich sie schließlich mit ins Haus nahm, um sie zu versorgen.

»Ich befinde mich in einer Notsituation, aber das kapierst du wohl nicht.«

Ich kraulte Doraos Rücken, während ich kleine Trockensardinen frittierte. Plötzlich tauchte meine Vermieterin mit ihrem neugeborenen Enkelkind im Arm vor dem Fenster auf.

»Was soll das heißen? Notsituation?«

Obwohl sie draußen im Dunkeln stand, konnte ich ihre Miene deutlich erkennen. Sie starrte mich an, die Augen unter ihrer toupierten Haartolle waren noch weiter aufgerissen als sonst.

»Ach ... Das war nicht so gemeint.«

Das Haus der Vermieterin befand sich gleich nebenan. Ihr Mann war bereits tot, und sie lebte mit der Familie ihrer ältesten Tochter unter einem Dach.

Wir trafen uns mindestens einmal im Monat, da die Vereinbarung lautete, dass ich ihr die Miete persönlich übergab. Dabei kamen wir jedes Mal ins Gespräch, was dazu führte, dass sie mich hin und wieder in ihr Haus zum Essen einlud. Meistens geschah dies genau zu dem Zeitpunkt, wenn ihre zweite Tochter von der Universität

Kyoto heimkehrte, und dann türmten sich bald Dosen mit Bier und Shōchū-Soda auf dem Tisch. Die Mutter und ihre Töchter waren dem Alkohol nicht gerade abgeneigt. Beschwipst sprach die Vermieterin gern über alte Zeiten. Dass es nach dem Krieg viel weniger zu essen gegeben habe als währenddessen, sie aber auch mit leerem Magen durch die Tanzhalle von Shibuya gewirbelt sei. Sie erzählte von den jungen Männern, mit denen sie sich damals vergnügt hatte.

Und jetzt schaute sie mich besorgt an. Ich hielt den Mund, da ich nicht wusste, wie ich ihr die ganze Geschichte erklären sollte. Als ich mich verlegen am Kopf kratzte, rieselten getrocknete Sardinen zu Boden. Offenbar war mir entfallen, was ich gerade in den Händen hielt.

»Nun ja, Yama-chan.«

Die Vermieterin nickte kurz und entspannte die untere Hälfte ihres Gesichts.

»Ich weiß zwar nicht, was passiert ist ... Aber es wird schon werden. Sie sind doch ein zähes Bürschchen, Yama-chan.«

Zur Bestätigung ihrer Worte nickte sie mehrmals nachdrücklich. Dann strich sie ihrer Enkelin über den Kopf und ging in ihr Haus zurück.

Ein Jahr später absolvierte ich meinen Hochschulabschluss. Um eine richtige Arbeit hatte ich mich nicht weiter bemüht.

So oder so musste ich mich nun allein durchs Leben schlagen. Das war mir klar. Aber dafür hatte ich keinen konkreten Plan auf Lager. Während meine Kommilitonen ins echte Berufsleben wechselten, gab ich Nachhilfeunterricht oder jobbte in einer Bar in Shinjuku Golden Gai, damit ich etwas zu beißen hatte.

In jener Zeit verfasste ich außerdem ein umfangreiches Drehbuch für einen Fernsehfilm. Eine ernste Geschichte zum Thema Transplantation und Hirntod. Über einen Bekannten von einem Bekannten schaffte es das Manuskript bis auf den Schreibtisch eines der Direktoren von TV Akasaka.

Als ich dann aber persönlich bei ihm antrat, zeigte er so gut wie keine Regung. Fein herausgeputzt, sogar in neu gekauften Lederschuhen, stand ich in der Festung des Fernsehsenders vor ihm stramm, aber er setzte lediglich eine betretene Miene auf.

»Damit können wir nichts anfangen.«

Fast hätte ich gefragt, ob er mein Drehbuch überhaupt gelesen habe. Er war der Direktor für Sportübertragungen, Baseballspiele unter Flutlicht.

Damals war ich ziemlich blank. Obwohl ich mit Gelegenheitsarbeiten gerade so das Geld für meinen Lebensunterhalt zusammenbrachte, konnte ich das Trinken nicht sein lassen. Und so war der Kauf der Lederschuhe für das Vorsprechen im Fernsehsender ziemlich gewagt gewesen.

Nachdem ich mich von dem unerbittlichen Direktor mit einer Verbeugung verabschiedet hatte, beschloss ich, von Akasaka nach Shibuya zu Fuß zu gehen, um Geld zu sparen. Es war ja keine große Entfernung. Ich brauchte nur den Aoyama-Boulevard geradeaus zu laufen. Aber die neuen Lederschuhe waren dafür ungeeignet. Sie scheuerten schmerzhaft an den Achillessehnen, was mit jedem Schritt unerträglicher wurde. Als ich ein Hosenbein hochkrempelte, sickerte Blut hinten durch die Socke. Ich setzte mich auf eine Leitplanke. Dort zog ich die Schuhe aus.

Die Nachmittagssonne schien auf den Boulevard. Die Passanten, die an mir vorübergingen, leuchteten in schwankend goldenen Kokons. Direkt vis-à-vis befand sich das Verwaltungsgebäude einer großen Automobilfirma, das Leute in ausgesucht urbanen Outfits verschlang und ausspuckte. Die Kleidung dieser Menschen sah teuer aus, die Schuhe wirkten ausnahmslos leicht und anschmiegsam. Und alle schienen mir sehr fröhlich, ihre lächelnden Gesichter gänzlich ungekünstelt. Ich wandte den Blick vom grellen Licht ab.

Bis ich meinem zukünftigen Mentor begegnete, vergingen wiederum zwölf Monate.

Es war das Jahr, als in Osteuropa eine Reihe von Umwälzungen stattfand und die Menschheit sich auf dem Weg zu einer neuen Weltordnung befand.

Er tauchte ganz allein in der Bar in Golden Gai auf, in der ich damals jobbte. Es war ein ungemütlich kalter Regentag, außer ihm gab es keine anderen Gäste. Er hieß Kazuki Nagasawa und war ein viel beschäftigter Autor für Fernsehshows. Sogar ich kannte seinen Namen, der im Abspann diverser Fernsehsendungen auftauchte. Aber dass der Mann mittleren Alters, der vor mir am Tresen mit Wasser verdünnten Whisky trank, dieser Kazuki Nagasawa war, war mir im ersten Moment nicht bewusst.

»Wieso arbeitest du hier?«

Ein Barkeeper – ein Gast. Er fand es wahrscheinlich unnatürlich, in dieser Situation kein Wort zu wechseln.

Nagasawa sprach mich an, während ich Tofu-Frikadellen briet.

Ich antwortete ehrlich: »Ich habe kein Geld. Es reicht kaum, um meine Katze mit getrockneten Sardinen zu füttern.«

Nagasawa lachte belustigt.

Tatsächlich war es sehr schwierig geworden, mich allein mit Nachhilfe und dem Barkeeper-Job über Wasser zu halten. Zu jenem Zeitpunkt waren bei mir zu Hause wegen unbezahlter Rechnungen Telefon, Strom und Gas gesperrt worden. Es wurde hell, wenn die Sonne aufging, und dunkel, wenn sie unterging. Mein Leben verlief nach diesem primitiven Rhythmus. Außerdem hatte sich ein paar Tage zuvor etwas absolut Absurdes ereignet. Ich erzählte meinem einzigen Gast davon.

Als ich an jenem Abend vom Nachhilfeunterricht heimkehrte, parkte ein Baufahrzeug mit laufendem Generator vor dem Haus. Das angeschlossene Stromkabel führte in mein Apartment, das direkt an der Straße lag. Und zu meiner Überraschung war meine Bude, die eigentlich dunkel sein sollte, hell erleuchtet.

Was sollte das denn? Panisch hastete ich zum Eingang. Die Vermieterin stand mit ihrem Enkelkind im Arm an der Tür.

»Verzeihen Sie«, entschuldigte ich mich mit einer reflexhaften Verbeugung, worauf die Vermieterin ebenfalls den Kopf senkte: »Entschuldigen Sie bitte, dass ich Ihnen diese Umstände bereite.«

Völlig perplex schaute ich zu meinem Apartment: Die Tür, die ich natürlich abgeschlossen hatte, als ich gegangen war, stand nun offen. Drinnen befand sich ein Mann (A) mit Helm.

»Ach, Sie wohnen hier?«, sprach mich A an. Mit starkem Dialekt erklärte er mir, was vorgefallen sei.

Die Wasserrechnung der Nachbarwohnung hätte monatlich über hunderttausend Yen betragen. Bei der Überprüfung habe er ein großes Leck im Rohr und ein Loch unter meinem Apartment entdeckt. Wenn man es nicht auffülle, bräche bald das Fundament des Hauses zusammen. Er habe soeben mit der großen Operation an der Kanalisation begonnen. Ich solle mir keine Sorgen machen, das Leck sei in ein paar Tagen behoben. Ihm sei klar, dass das Ganze eine Zumutung für mich sei.

Die Vermieterin pflichtete ihm nickend bei. Ihre kleine Enkelin strahlte mich unschuldig an.

Das Apartment bestand aus einem etwa zehn Quadratmeter großen Zimmer, einer halb so großen Kochnische und einem Bad. Die Küche war nun jedoch komplett verschwunden, stattdessen klaffte dort ein riesiges Loch im Boden. In diese Grube schaufelte ein anderer behelmter Mann (B) Sand aus einer Schubkarre, die ein weiterer Arbeiter (C) im Badezimmer bereithielt. Kurz gesagt, meine Wohnung hatte sich komplett in eine Baustelle verwandelt.

Über die klaffende Grube, die vom Eingang bis zum Zimmer reichte, waren Bretter gelegt worden.

»He, Kleiner, pass auf, wo du hintrittst! Nicht aus deinem Leben stolpern!«

Das sollte wohl heißen, ich sollte möglichst versuchen, nicht hineinzufallen.

Die Vermieterin überreichte mir einen Umschlag und entschuldigte sich abermals, bevor sie sich entfernte.

Die Tatami-Matten im Zimmer waren mit Laken abgedeckt. Eingemummelt im Futon legte ich mich neben die schuftenden Männern A, B und C. Ich öffnete den Umschlag, er enthielt drei Zehntausend-Yen-Scheine. Was für eine merkwürdige Situation.

Schließlich war das Loch binnen zwei Tagen, so wie es A verkündet hatte, aufgefüllt, und die Wasserrechnung des Nachbarn reduzierte sich wieder auf einen angemessenen Betrag. Meine Wohnung roch jedoch nach wie vor nach Schlamm, und Dorao, die Katze, ließ sich nicht mehr blicken.

Telefon, Gas und Strom waren immer noch abgestellt, aber immerhin hatte mir A die Abdeckung für meinen Zehnquadratmeterraum zurückgelassen. Dreißigtausend Yen und eine Plane sprangen also für mich dabei heraus. Das war das Ende vom Lied.

»Unglaublich«, lachte Nagasawa, als ich ihm die Story erzählt hatte.

»Darauf trinken wir«, sagte er und bestellte auch für mich einen mit Wasser verdünnten Whisky.

Und dann machte er mir ganz unverhofft einen Vorschlag.

Er sei zufällig in dieser Bar gelandet, weil er Schutz vor dem Regen gesucht habe. Und nun seien wir uns begegnet. Ob ich nicht Lust hätte, mit ihm zusammen Konzepte für Radio- und Fernsehsendungen zu entwerfen.

»Ich finde deine Geschichten witzig. Du hast Talent. Du kannst zwar ewig hier weiterjobben, aber glaubst du nicht, dass du mehr aus dir machen könntest?«

Der Meister der Unterhaltungsshows holte gemächlich seine Visitenkarte hervor.

»Ich bin Kazuki Nagasawa, Rundfunk- und TV-Autor. Du kennst mich wahrscheinlich? Ich habe zwar nur eine kleine Agentur, aber ich betreue viele Sendungen. Aus dir könnte was werden. Bei mir kannst du von der Pike auf lernen.«

Meine Augen begannen zu zucken. Es kam so plötzlich. Ich weiß nur noch, wie ich stammelte: »Ich kenne Sie vom Namen her«, und dann zur Salzsäule erstarrte.

»Du verplemperst hier nur deine Zeit. Dafür bist du zu jung. Du gehörst zu der Sorte Mensch, die wahrscheinlich irgendwann dem Alkohol verfällt, wenn sie sich selbst überlassen bleibt. Deshalb wäre es besser, du arbeitest vernünftig. Du könntest mich in der Agentur unterstützen. Es wäre für dich und deine Zukunft das Beste.«

Ich war noch nie jemandem begegnet, der so mit mir geredet hatte. Vielleicht lag es an meiner Trunkenheit, dass ich ihm anschließend unverblümt meine Lebensgeschichte erzählte. Dass ich schon immer schöpferisch tätig sein wollte. Dass ich ein Drehbuch geschrieben und dem Direktor für Sportübertragungen von TV Akasaka vorgelegt hatte. Wie beschämend seine Reaktion gewesen sei. Ich wäre deshalb arbeitslos, weil mich niemand einstellen würde. Ich sei nämlich farbenblind.

»So ein Quatsch! Das spielt doch gar keine Rolle!«, schimpfte Nagasawa, der bis dahin lachend und nickend meiner Erzählung gelauscht hatte.

»Unnötig, sich darüber den Kopf zu zerbrechen. Dass du die Farben etwas anders wahrnimmst, ist doch für Fernseh- und Rundfunkproduzenten überhaupt kein Problem. Und überhaupt: Wer Programme kreativ gestalten will, sollte sowieso eher kein Festangestellter sein. Die kümmern sich doch meistens nur um den Vertrieb und die Buchhaltung. Ich selbst habe die Oberschule abgebrochen und keinerlei akademische Ausbildung vorzuweisen. Aber trotzdem habe ich mich durchgebissen, bin sozusagen durch die Hintertür rein. Mit reiner Willensstärke und Hartnäckigkeit habe ich es geschafft. Solche Leute gibt es eben auch. Du hättest dich einfach bei jemandem wie mir bewerben sollen. Arbeite für mich! Bei mir hast du glänzende Zukunftsaussichten.«

Nagasawa streckte mir eine Hand entgegen. Nach kurzem Zögern schlug ich ein.

So kam es, dass ich in Nagasawas Büro, das sich im obersten Stockwerk eines Büro-Ungetüms in Yoyogi befand, fortan ein- und ausging. Natürlich nicht als Angestellter, sondern als Lehrling eines Fernseh- und Rundfunkautors. Ein Laufbursche, sozusagen.

Zunächst wurden mir Recherchen für drei Unterhaltungsshows übertragen. Es war aufwendiger, als ich es mir vorgestellt hatte. Ich arbeitete rund um die Uhr, und die Zeit, die ich mit Recherchen und dem Sammeln von Material verbrachte, verging wie im Flug. Im ersten Jahr hatte ich so wenige Urlaubstage, dass man sie an den Fingern abzählen konnte. Dafür konnte ich mir allerdings ein Einkommen in Höhe des Anfangsgehalts eines Firmenangestellten sichern.

Im Jahr darauf schuftete ich gleich für mehrere Sender.

Bei der Unterhaltungssendung von Akebonobashi TV, für die ich zuständig war, gab es ein großzügiges Honorar. Meine Arbeit bestand darin, Konzepte zu erstellen und den Inhalt der Berichterstattung entsprechend zu verpacken. Neben meiner Mitarbeit bei den Recherchen musste ich für das wöchentliche Meeting zehn Konzepte vorbereiten.

Dann war da noch die Quizshow »Rund um den Planeten«, die bei Kojimachi TV lief. Eine landesweit beliebte Sendung mit vielen Kandidaten, bei der man für das Finale auf eine Überseereise geschickt wurde, wenn man genügend Quizfragen in der Show richtig beantwortete. Zweimal pro Woche wurden von 13 Uhr bis 23 Uhr zehnstündige Konferenzen ohne Unterbrechung abgehalten. Bei jeder dieser Sitzungen musste ich vierzig Quizfragen und deren Auflösung präsentieren. Sobald das genaue Ziel der Reise feststand, waren endlos

Vorschläge gefordert, was man bei den finalen Quizrunden wo machen könnte.

Zusätzlich arbeitete ich noch bei Wakaba Radio, dessen Anstalt zehn Minuten zu Fuß vom Bahnhof Yotsuya entfernt lag. Ich war einmal pro Woche für die Mittagsnachrichten zuständig, wofür ich ab sechs Uhr früh im Studio hocken musste. Pro Sendung wurde ein Thema genau unter die Lupe genommen und aus allen denkbaren Blickwinkeln beleuchtet. Angenommen, man wollte einen Vorfall, bei dem ein Bär einen Menschen angefallen hatte, aufgreifen, dann hätte man dafür einen Bärenexperten, einen Zoowärter, einen Forscher für die von Menschen besiedelte Bergwelt, einen Schriftsteller, der sich einen Braunbären hält, sowie ein Opfer eines Bärenübergriffs aufspüren müssen, dessen Hinterteil halb aufgefressen worden war, obwohl es sich schützend tot gestellt hatte, um dann mit jedem von ihnen über die telefonische Mitwirkung zu verhandeln. Ich verfasste einmal pro Woche ein Frage-Antwort-Skript für den Moderator und diente bei den Proben als dessen Double im Gespräch mit prominenten Sängern und Schauspielern, die live als Studiogäste auftraten.

Es handelte sich zwar insgesamt nur um drei Sendungen, für die ich arbeitete, aber es war dennoch keine Kleinigkeit, dies konstant durchzuziehen. Jede Woche zehn Konzepte und achtzig Quizfragen, die ich auf Meetings präsentieren musste, wo die Monster der Branche ihre Köpfe zusammensteckten. Ich hatte die Arbeitsergebnisse auf einem annehmbaren Niveau zu halten, damit von diesen Leuten möglichst keine Beschwerden kamen.

Am Anfang, als ich meine Visitenkarte als TV-Autor erhielt und die einzelnen Anstalten abzuklappern begann, drängte meine Euphorie die Belastung in den Hintergrund. Der Typ, der sich noch vor einem Jahr mit Gelegenheitsjobs über Wasser gehalten hatte, durfte nun aus nächster Nähe eine Schauspielerin, die er zuvor nur im Fernsehen gesehen hatte, direkt befragen: »Neben welchem Bären würden Sie sich denn schlafen legen?«, und gleich darauf ein Skript erstellen. Der Moderator las die von mir verfassten Worte vor. Diese Worte surften durch den Äther und erreichten die Ohren Zehntausender Zuhörer. In meinem Dasein war die Sonne aufgegangen.

Etwa ein halbes Jahr später steckte ich jedoch plötzlich in einem Sumpf fest. Ich hatte keine Ideen mehr. Mir fiel nichts Vernünftiges mehr ein, mein Hirn war wie eingefroren. Selbst wenn ich mich auf den Kopf gestellt hätte, wäre keine Eingebung herausgesickert.

In der Hoffnung auf Anregungen für Nachrichtenthemen oder Quizfragen blätterte ich verzweifelt durch Zeitschriften, die sich bald auf meinem Tisch stapelten. Oft zermarterte ich mir nächtelang das Hirn, ohne etwas Gescheites zustande zu bringen. Auf den Meetings wurde ich unter Beschuss genommen und fertiggemacht, wenn ich kein gutes Material vorweisen konnte. Die von mir entworfenen Quizfragen landeten vor meinen Augen im Papierkorb.

Während ich mir wieder und wieder bis zum Morgengrauen Quizfragen aus den Rippen leierte, musste ich wohl oder übel einsehen, dass es mir an Esprit fehlte. Wenn ich mir ausmalte, wie das jeweils nächste Meeting ablaufen würde, fühlte ich mich noch schlechter. Wegen der durchgemachten Nächte war mein vegetatives Nervensystem völlig aus dem Gleichwicht geraten. Ich bekam urplötzlich Hitzewallungen, und mir brach der Schweiß aus. Dennoch hörte ich nicht auf zu trinken, was wiederum meine Leber stark angriff.

Wie erwartet wurde mir bald die Mitarbeit an der Quizsendung bei Kojimachi TV entzogen. An meiner Stelle wurde ein gewisser Mori, ein weiterer Autor aus Nagasawas Agentur, mit dem Quiz betraut. Er war ein Hüne, mächtig wie ein Eisbär.

Nagasawa bestellte mich in ein Café, das sich neben dem Sitz von Kojimachi TV befand. Er war ziemlich sauer.

»Weißt du, manchmal muss man sich eben aufopfern. Mit deinem Ego kommst du da nicht weit.«

»Es tut mir leid«, erwiderte ich, den Kopf gesenkt.

»Diese Branche hat nun mal ihre eigene Art zu schwimmen, und wenn man sich diesem Stil nicht anpassen kann, ertrinkt man. Gib dein Ego auf! Schinde dich, schufte, denk an die Zigmillionen Zuschauer in ihren Wohnzimmern.«

Zig Millionen ... Das war Nagasawas Lieblingsparole. Wenn er nur daran dachte, fingen seine Augen an, feucht zu glänzen.

»Denk an den Familienvater, der müde von der Arbeit heimkehrt und sich mit einem Bier vor den Fernseher setzt. Der will nichts Intellektuelles vorgesetzt bekommen. Der Kunstkram, von dem du an der Uni geträumt haben magst, hat hier nichts zu suchen. Du darfst nicht von dir selbst ausgehen! Gut, vielleicht hat diesmal die Chemie zwischen dir und dem Direktor nicht gestimmt. Eine Chance gebe ich dir noch. Mach was draus!«

Es war eine Quizshow bei TV Akasaka, auf die ich nun angesetzt wurde. Schon wieder Quiz – bei diesem Gedanken drehte sich mir regelrecht der Magen um. Und meine Bedenken bewahrheiteten sich bald: Ich war einfach nicht dafür geschaffen. Meine Flaute hielt an. Schließlich entwarf ich jene bereits erwähnten fünfzig Quizfragen, von denen nur eine brauchbar war.

Aber um ehrlich zu sein, war das nicht das einzige Problem. Auch meine Position an sich bereitete mir Kummer. Ein gleichaltriger, regulärer Mitarbeiter des Fernsehsenders sprach mit mir in arrogantem, autoritärem Ton. Als Zulieferer musste ich das zwar hinnehmen, aber in mir brodelte es beim Gedanken daran, dass ich ohne diese Diskriminierung bei den Einstellungsprüfungen selbst seine Position innehaben könnte. Ich fing an, neidisch, ja hasserfüllt auf die Gesellschaft zu blicken.

Außerdem war mir die Abhängigkeit von meinem Mentor Nagasawa immer unangenehmer. Mit anderen Worten, ich kriegte nichts gebacken. Deshalb war die Zeit, die ich im Karinka verbrachte, ein wahrer Segen für mich.

3

Yume-chan lächelte mir immer öfter zu, je häufiger ich die Kneipe aufsuchte. Das Gefühl, das mich ergriff, wenn ich die Glastür zum Karinka aufschob, stimmte mich friedlich. Als umso deprimierender empfand ich es, nach der Arbeit direkt in mein Apartment zurückzukehren.

Meine chronische negative Grundstimmung rührte wohl von meiner Unfähigkeit her, die riesige Kluft zwischen mir und meinen Mitmenschen zu überbrücken. Über das gähnende Loch in meiner Wohnung hatten die Bauarbeiter Bretter gepackt, aber um die Kluft zu den Menschen um mich herum zu überwinden, hätte ich wohl selbst eine Brücke bauen müssen.

Aber die Tage strichen dahin, ohne dass ich etwas zustande brachte. Mein unfähiges Ich fristete weiterhin sein Dasein als Ballast für die Fernseh- und Rundfunksender, als Sperrmüll in Nagasawas Büro und gab wenig mehr von sich als gelegentliche Seufzer.

Mich beherrschte ein ständiges Gefühl der Entfremdung gegenüber den anderen, als wäre ich ein Alien. Zuweilen kam mir der Gedanke, das müsse so sein, weil ich die Welt in anderen Farben wahrnahm.

Wenn ich im Karinka trank, fühlte ich mich von diesem schmerzhaften Brennen, meiner ungestillten Sehnsucht, befreit. Es lag wahrscheinlich daran, dass die meisten Gäste hier, allen voran Yume-chan, sich ebenso wenig wie ich im Einklang mit der Gesellschaft befanden.

Der Laden machte um 17 Uhr auf und hatte bis zum Morgengrauen geöffnet, sofern noch Gäste da waren. Yume-chans Schicht dauerte meistens bis 22 Uhr, danach löste sie der Besitzer, Isao, ab. Da er vom Alkohol nicht lassen konnte, zitterten seine Hände beständig, obwohl er nicht einmal das fünfzigste Lebensjahr überschritten hatte. Aber seine Erzählungen waren amüsant und schwungvoll, und seine Wortwahl durchaus originell. Sein Gelalle besaß mitunter eine suggestive Überzeugungskraft: »Sogar Schweine klettern auf Bäume, wenn man ihnen schmeichelt. Yama-chan, du musst dir selbst schmeicheln. Und wenn dir auf Anhieb nicht einfällt, womit, such weiter, bis du was findest, und sei es noch so geringfügig. Aber man muss auch irgendwann von seinem Baum wieder herunterkommen. Ganz schlecht ist es, wenn man sich weigert und sich stattdessen oben festklammert. Diejenigen, die nicht runterkönnen, sind bemitleidenswerte Kreaturen. Es kann passieren, dass sie sich oben auf dem Baum erhängen.«

Da ich mich lieber mit Yume-chan als mit Isao unterhielt, suchte ich die Kneipe möglichst am frühen Abend auf. Ich kam selbst an den Tagen, an denen ich müde oder erschöpft war. Während der Küchenbetrieb startete und die altersschwache Klimaanlage zu rattern begann, wurde ich ins Regelwerk des »Miau-jongg« eingeführt. Die Stammkunden behaupteten zwar, es sei nur ein Spiel, aber tatsächlich war es eine Art Wette.

Bei meinem Einstand war Vogelnest mit von der Partie. Nachdem ich den Plan der Katzen, der am Kühlschrank hing, studiert hatte, setzte ich auf Mametarō aus dem hellbraunen Tabby-Clan. Ich rechnete mir gute Chancen aus, da diese Katze bisher mehrmals in der Fensterlaibung erschienen war. Vogelnest tippte auf Drumstick. Dieser schwarze Kater starrte ebenfalls gelegentlich mit weit aufgerissenen bernsteinfarbenen Augen von der Mauer zu uns herein.

Mametarō, ein zierlicher Tabby-Kater, der seine Zunge schräg hinausstreckte, wenn er miaute, war laut Yume-chan ein ziemlich freches Tier und sprang einem schon einmal in den Schoß, um zu betteln.

Yume-chan wusste erstaunlich gut über die Persönlichkeiten der verschiedenen Katzen Bescheid. Wieso waren sie ihr so vertraut? Auf derartige Fragen erhielt ich keine Antworten. Und wenn sie einmal etwas erwiderte, sagte sie bloß: »Ich mag eben Katzen«, um kurz darauf wieder an den Grill zu verschwinden.

Bei meinem äußerst denkwürdigen Katzen-Debüt erschien schließlich Hanayo, die dritte im Bunde der hellbraunen Tabby-Katzen, am Fenster. Als ihr Gesicht in der Luke auftauchte, glaubte ich zuerst, ich hätte gewonnen, und riss schon fast triumphierend die Arme hoch, erkannte dann aber, dass die pummelige Gestalt eindeutig nicht zu Mametarō passte.

»Tja, das ist nicht so einfach. Man erzielt nur selten einen Treffer«, sagte Vogelnest und rief hinüber zu Yume-chan, die am Grill stand: »He, diesmal zahlt Yama-chan die Platzgebühr.«

Währenddessen stand Hanayo die ganze Zeit oben auf der Betonmauer und schaute zu uns in den Laden. Als sie Yume-chan entdeckte, maunzte sie so laut, dass es auch drinnen deutlich vernehmbar war.

»Ihr Maunzen klingt zwar niedlich, aber ihr Pfotenschlag hat's in sich, wenn sie um Futter bettelt.«

Das klang ganz so, als habe Yume-chan Hanayos Krallen schon einmal ordentlich zu spüren bekommen. Demnach begegnete sie den Katzen wahrscheinlich noch irgendwo anders als im Karinka. Aber ich wollte nicht nachfragen. Mir war klar, dass sie mir zumindest hier in der Kneipe keine Antwort geben würde. Und ich vertraute darauf, dass irgendwann ein Moment kommen würde, in dem wir ungestört waren und ich mit ihr über die Katzen sprechen konnte.

Vogelnest war ein recht launischer Kerl. Es gab Zeiten, zu denen er sich in ausgelassener Stimmung am »Miaujongg« beteiligte, und solche, zu denen er in sich gekehrt und schweigend über seinen Drinks brütete. In diesen Phasen antwortete er kaum, wenn man ihn ansprach.

Ohne die Sonnenbrille abzunehmen, hockte er dann da, in sich zusammengesunken wie ein morscher Baum. Wieder andere Male kreuzte er mit übel aussehenden Typen im Schlepptau auf, die demonstrativ über Geld schwadronierten. Yume-chan zufolge waren das »kaltblütige Immobilienhaie«. Vogelnest war offenbar in Geschäfte verwickelt, die mit diesem Pack zu tun hatten.

Geta-Rocker hingegen war niemals mürrisch, sondern verstand sich mit jedermann. Und er beherrschte die Kunst, sich im richtigen Moment zurückzunehmen, kam zum Beispiel Vogelnest nie in die Quere, wenn dieser mit seinen zwielichtigen Kumpeln rumhing. Auch mich bedrängte er nicht mit indiskreten Fragen wie: »Was machst du eigentlich?«

Die Wände der engen Toilette im Karinka waren mit Postern von Musikbands und Kleinkunstheatern dicht tapeziert. Darunter war auch eins von Geta-Rockers Band »The Matatabis«, in der er als Bassist mitwirkte. Das Foto zeigte ihn mit Instrument in einer Gruppe Langhaariger, alle mit der gleichen Vokuhila-Frisur. Im Gegensatz zu den anderen Bandmitgliedern, die finster in die Kamera starrten, war Geta-Rocker der Einzige, der sympathisch lachend seine Zähne entblößte.

Aber der Mensch ist ein Geschöpf, das mit seinem wahren Gemüt hinterm Berg hält, egal, wie sanftmütig es sich nach außen hin gibt – ein Wolf im Schafspelz. Bestimmt war auch Geta-Rocker es manchmal leid, sich stets umsichtig zu verhalten. Auch wenn sein Gesicht lächelte, verriet seine Haltung häufig innere Anspannung. Wenn er zu viel getrunken hatte, merkte man ihm das deutlich an.

Geta-Rocker rauchte oft ein nicht identifizierbares, tabakähnliches Kraut, bei dem es sich weder um Marihuana noch um Kokain handelte. Er besaß ein Set zum Zigarettendrehen, mit dem er alles Mögliche zusammenrollte. Von der Straße aufgelesene Zigarrenstummel, schwarzen und grünen Tee, weiße Fasern aus der Innenseite von Bananenschalen, Erdnussschalen. Er bekam jedes Mal heftige Hustenanfälle, wenn er den Rauch eines seiner fragwürdigen Glimmstängel inhalierte. Yume-chan sah es so: »Bei seinen Auftritten geht ihm ständig die Puste aus, er japst dann wie ein hypoxischer Guppy. Kein Wunder, wenn er nicht aufhört, sich dieses perverse Gift reinzuziehen.«

Und dann war da noch Madame Granatapfel – so nannten Yume-chan und die Stammgäste den Dragqueen-Daddy.

Als ich Madame das erste Mal die Kneipe durch die gläserne Schiebetür betreten sah, begriff ich sofort, warum man dem Mann diesen Spitznamen verpasst hatte.

Es hieß, er sei fast sechzig. Sein gewagtes Outfit bestand aus einer blonden Bob-Perücke sowie einem Kostüm mit Minirock, das durchweg mit rot schillernden Pailletten bestückt war. Die glatt rasierten Beine steckten in Netzstrümpfen, dazu trug er High Heels mit karmesinroten Pfennigabsätzen. Er war stark geschminkt. Die dicke pastöse Schicht Make-up wirkte kompakt wie eine abnehmbare Maske.

Madame schäkerte mit den Stammgästen, wackelte lasziv mit dem Po und ließ ihre monströsen falschen Wimpern klimpern, was jedes Mal einen spürbaren Lufthauch erzeugte. »Aber nein! Nicht doch!«, lautete ihr gezierter Standardspruch, zu dem sie die Pailletten aufreizend klimpern ließ.

»Nach der Arbeit geht er direkt in einen Travestie-Club im Kabuki-Viertel. Dort tauscht er seine normalen Klamotten gegen diesen Fummel, um als rot glitzernde Schabracke durch die Gegend zu scharwenzeln.«

Das erfuhr ich eines Abends vom betrunkenen Vogelnest, der direkt neben Madame sitzend ungeniert über sie herzog. Egal, was über sie gesagt wurde, sie parierte immer nur mit: »Aber nein! Nicht doch!«. Als jedoch einmal vom studierenden Sohn in Aserbaidschan die Rede war, dröhnte plötzlich Madames Männerbass: »He! Wage es nicht, davon zu sprechen.«

Unter den monströsen Kunstwimpern erstarrte Madames Blick, und die Dragqueen verwandelte sich in den strengen Kreditsachbearbeiter zurück, der als Abteilungsleiter einer Bank gewissenhaft Bilanzaufstellungen von Unternehmen prüfte.

»Tut mir leid!«

Vogelnest entschuldigte sich brav, aber Madame Granatapfel blickte weiterhin grantig, während sie ihre Zigarette paffte und den Hoppy-Drink herunterstürzte.

Damals kam mir der Gedanke, dass sie und Vogelnest eventuell eine Geschichte jenseits des Karinka miteinander verband.

Besonders auffällig wackelte Madame übrigens mit den Hüften, wenn Yume-chan ihr den abendlichen Teller mit den Yakitori-Spießen reichte. Madame war eben auch nur ein Mann in Frauenkleidung. Wurde sie aufgefordert, sich am Katzenspiel zu beteiligen, säuselte sie zunächst noch in ihrer koketten Art: »Ach du meine Güte, liebend gern!« Aber da sie in der Regel ständig danebenlag, kam bald eine andere Seite in ihr zum Vorschein und sie brüllte die am Fenster hockende Katze wütend an: »Elendes Katzenvieh!«

Die Menschen sind unergründlich.

Außerdem gab es da einen Mann, der in Madames Gegenwart regelrecht aus dem Häuschen geriet. Er stellte sich uns als Abteilungsleiter eines großen Pharmaunternehmens vor, aber da nie jemand eine Visitenkarte von ihm erhalten hatte, blieb das ungewiss. Er sah aus wie Anfang vierzig und hieß aufgrund seines unbezwingbaren Kampfgeists bei allen Mister Mumm.

Mister Mumm war nicht besonders trinkfest. Ab dem zweiten Drink geriet er ins Schwanken. Trotzdem versuchte er stets, die Contenance zu bewahren, wenn er in bemüht aufrechter Haltung seinen Yakitori-Spieß verspeiste. Aber sobald Madame Granatapfel auf der Bildfläche erschien, verlor er die Fassung, bekam feuchte Augen und weiche Knie.

»Wow! Echt hinreißend!«

Bei ihrem Anblick kriegte er sich kaum noch ein. Madame Granatapfel allerdings ging ihm aus dem Weg, setzte sich nie neben ihn, selbst wenn es der letzte freie

Platz war. Trotzdem wollte es das Schicksal eines Abends so, dass Mister Mumm doch einen Hocker neben dem Dragqueen-Daddy ergatterte.

Madame Granatapfel hatte sich zwar von ihm weggedreht, um ihren Cocktail zu schlürfen, aber der hingerissene Mister Mumm sprach sie dennoch an.

»He, du! Was bildest du dir eigentlich ein?«, brüllte sie gereizt zurück.

Und ehe man sich's versah, hatte Madame ihren Stalker am Revers gepackt. Wieder einmal ließ sie ihren männlichen Bass dröhnen: »Du bist auf dem falschen Dampfer, mein Lieber! Ich ziehe Frauenkleider nur zum Spaß an.«

Madames Griff war eisern. Sie zerrte Mister Mumm fort und ging ihm an die Gurgel, als wollte sie ihn zerquetschen.

Die anderen Gäste beruhigten die Dragqueen, sodass die Sache glimpflich ausging, aber dennoch hätte Mister Mumm beinahe eine ordentliche Tracht Prügel bezogen.

Madame Granatapfel war stinksauer, auch auf uns und Yume-chan.

»Warum unterstützt ihr mich denn nicht, wenn ich derart belästigt werde?«

Völlig perplex sahen wir uns an.

Mister Mumm schluchzte: »Verzeihung, Verzeihung«, und stürmte aus dem Lokal.

Doch einige Tage später kreuzte er unverdrossen wieder auf und knabberte gut gelaunt an seinem Yakitori-

Spieß. Sobald Madame erschien, schaute er sie schmachtend an. Mister Mumm war eben unbezwingbar.

Natürlich verkehrten nicht nur so offensichtlich skurrile Gestalten im Karinka. Die meisten Gäste erschienen normal gekleidet und schienen ein relativ unauffälliges Leben zu führen. Man sah ihnen nicht sofort an, wie sie wirklich tickten. Schließlich beginnt man eine Person erst einigermaßen zu durchschauen, wenn man mit ihr spricht.

Da war zum Beispiel die Domina Natasha aus einem Club im Kabuki-Viertel. Eine attraktive Mittdreißigerin, die sich nicht bloß schick kleidete, sondern sich auch klug auszudrücken verstand. Sie kam stets in Begleitung eines ihrer Stammkunden, der angeblich inzwischen ihr fester Freund war – ein gewisser Tamago-san, dessen Eierkopf nur ein paar einzelne schüttere Haare zierten. Er trug stets eine Krawatte und lächelte dezent. Tamago-san hatte wohl allen Grund zum Lächeln, denn immerhin war er Biologielehrer an einer angesehenen Elite-Oberschule.

Es kam häufig vor, dass dieses Pärchen beim Trinken philosophische Gespräche führte. Die beiden tauschten sich über Themen wie die Seele und den Geist aus. Wenn Tamago-san aus biologischer Sicht argumentierte, der Ursprung einer Seele sei der Moment, in dem ein Lebewesen beginnt, Erinnerungen zu haben, konterte Natasha, indem sie fragte, ob Instinkte denn vor jeder Erinnerung entstünden oder ob sie auch ein Teil von Erinnerungen wären. Wenn man nichts Näheres über die beiden gewusst hätte, hätte man glauben können, sie seien Intellektuelle, ein Ehepaar, beide Wissenschaftler.

Andererseits war es eben auch Teil ihrer Beziehung, dass Natasha gelegentlich heißes Wachs auf Tamago-sans entblößten Po träufelte und ihn verhöhnte.

Ich konnte mir das zwar überhaupt nicht vorstellen, aber da sie selbst davon erzählte, musste sie sich wohl an einem anderen nächtlichen Ort in diese Person verwandeln.

Vielleicht lag es am Mangel an weiblichen Gästen, dass Yume-chan zu Natasha großes Zutrauen hatte. Sie versuchte oft mitzuhören, wenn Natasha und Tamago-san sich unterhielten. »Nächstes Mal treten Sie hier bitte als Domina auf. Ich serviere Ihnen dann auch Yakitori-Spieße«, raunte sie Natasha einmal zu.

Es gab aber noch mehr illustre Kneipenbesucher.

Der massige Bodybuilder Mister Stahlhart, der sich damit brüstete, mit Ende vierzig noch drei Kästen mit jeweils zwei Dutzend großer Flaschen stemmen zu können.

In jungen Jahren habe es ihm an Kraft und Selbstvertrauen gemangelt. Als er jedoch wegen einer Straftat inhaftiert wurde, habe bei ihm ein Bewusstseinswandel stattgefunden.

»Weißt du, im Knast hat man eine Menge Zeit. Deshalb habe ich angefangen zu trainieren. Ich malte mir aus, wie mein Körper wohl aussähe, wenn ich täglich fünfhundert Liegestütze mache, und dann zog ich es durch. Die Übungen stählten mich. Und diese physische Veränderung führte dazu, dass ich den Entschluss fasste, nach der Entlassung meinen Körper nutzbringend einzusetzen und eine neue Laufbahn als Fitnesstrainer einzuschlagen.«

Laut Geta-Rocker verließ Mister Stahlhart hin und wieder die Kneipe, ohne seine Zeche zu bezahlen, weil er angeblich »nichts bei sich habe«. Natürlich musste er seine Schulden am Ende des Monats begleichen, und manchmal pumpte er sich dafür Geld von anderen Gästen. »Wahrscheinlich war er im Knast, weil er ein paar Leute beschissen hat«, lautete Geta-Rockers Schlussfolgerung. Mich jedoch hat Mister Stahlhart niemals angepumpt. Wahrscheinlich sah man mir an, dass bei mir nicht viel zu holen war.

Und dann war da noch der Regisseur einer Kleinkunstbühne, der große Reden zu schwingen pflegte, wenn er betrunken war. Sein häufig deklamierter Lieblingsspruch lautete: »Die Jugend von heute wird diese Epoche nicht prägen.«

Wenn dann andere Gäste protestierten, sprang der Regisseur auf, als hätte er nur auf seinen Einsatz gewartet. Mit dem Glas Hoppy in der Hand verkündete er lautstark seine Auffassung: »Das ist ganz simple Mathematik, man muss sich doch nur die Anzahl der Menschen in einer Generation vor Augen führen. Es ist die Babyboomer-Generation, die zahlenmäßig die Welt dominiert und damit ihren Lauf bestimmt. Demnach wird die nächste bedeutende Generation aus den Nachkommen der Babyboomer entstehen, weil auch deren Anzahl hoch sein wird. Ihr hingegen, ich meine die heutige Jugend, zu der auch Yama-chan gehört, bildet eine Zwischengeneration. Was ihr auch versucht, rein mathematisch seid ihr unterlegen. Deshalb könnt ihr diese Epoche nicht prägen.«

Die meisten Gäste runzelten nach so einer Tirade nur die Stirn und gingen nicht weiter darauf ein. Ich selbst habe ich mich auch nie von ihm provozieren lassen, denn in gewissem Sinne hatte er ja recht. Aber es gab mitunter auch mies gelaunte Gäste, die ihn zurechtstauchten: »Halt die Klappe, du nervst!«

Der Regisseur, der betrunken schnell ausfallend wurde, polterte dann zurück: »Halt du gefälligst die Klappe! Ungebildeter Prolet!«

In solchen Situationen schaltete sich meistens Lalala-san ein, indem er in seine Flöte blies. Er war etwa fünfzig und ein Straßenmusiker, der gelegentlich für Veranstaltungen engagiert wurde.

Lalala-san kreuzte nach seinen Auftritten immer in einem farbenfrohen Kostüm hier auf. Von Natur aus einsilbig bis schweigsam, trug er jedoch in seiner schwarzen Tasche verschiedene Blasinstrumente wie Trompeten, Flöten und Pfeifen bei sich, in die er dann blies, wenn sich etwas ereignete. Das konnte passieren, wenn seine Lieblings-Baseballmannschaft gewann, jemand einen Witz riss und alle lachten oder einfach wenn er selbst gute Laune hatte. Sein Pfiff ertönte aber auch, um einen eskalierenden Streit zu schlichten, wenn sein Verein verlor oder jemand vor sich hin jammerte. Die Trompete wurde herausgeholt, wenn er erfuhr, dass ein anwesender Gast Geburtstag hatte, oder jemand einen Treffer bei der Katzenwette erzielte. Dann schmetterte eine Fanfare durch den engen Schlauch der Kneipe.

Yume-chan lächelte stets mit gesenktem Kopf, wenn Lalala-san erschien. Und wenn Lalala-san Yume-chan erblickte, lächelte er ebenfalls, die Nase kraus gezogen. Wenn ich die beiden so sah, ging ein Licht in meinem Herzen auf. Aber gleichzeitig brodelte es auch in mir.

Wir Gäste mussten Yume-chan oft eine Platzgebühr beim Katzenspiel zahlen, bei dem kaum mal jemand richtiglag. Keiner von uns löhnte jedoch bei drei Nieten in Folge. Tatsächlich handelte sich bei der Platzgebühr um eine Art Eintrittsgeld für das Karinka. Für Yume-chan etwas zu trinken oder zu essen zu bestellen, hatte sich als stillschweigende Regel durchgesetzt. Man erwies ihr damit seine Anerkennung. Auch dafür, dass sie den Katzenplan gezeichnet hatte, der einer Startliste beim Pferderennen entsprach. Wenn Isao-san um 22 Uhr Yume-chan ablöste und die Küche betrat, waren kaum noch Gäste da, die das Katzenspiel spielen wollten und einen Drink als Platzgebühr springen ließen.

Yume-chan akzeptierte als Obolus Lemon Sour, gegrillte Paprika oder Onigiri. Während ihrer Schicht hätte sie sich selbstredend mit allen möglichen Speisen aus der Küche versorgen können, aber ihre einzige Verpflegung schien aus dem zu bestehen, was die Gäste ihr spendierten.

Yume-chan blieb meistens in der Küche und ihre Miene schien die ganze Zeit über ausdruckslos. Ein minimales Lächeln umspielte ihren Mund allenfalls dann, wenn Lalala-san flötend den Laden betrat, Madame Granatapfel mit dem Po wackelte oder unsere Blicke sich trafen, wenn ich die Glastür aufschob.

Anders war es, wenn man ihr etwas ausgab. Dann strahlte sie übers ganze Gesicht. Ihre Augen leuchteten dabei vielleicht noch intensiver als die von Mametarō oder Hanayo, wenn sie von der Mauer in den Laden schauten.

Tatsächlich habe ich allerdings nie ihre Miene beobachten können, wenn sie die Sachen aß, die ihr ein Gast spendiert hatte. Denn dabei drehte sie uns immer den Rücken zu, hielt den Teller ganz dicht vors Gesicht und schirmte ihn mit dem Arm ab. Es wirkte irgendwie seltsam. So als hätte sie Angst, jemand könnte ihr etwas wegnehmen. Man hatte das Gefühl, Zeuge von etwas zu sein, was man besser nicht sehen sollte. Deshalb schaute ich in diesen Momenten immer peinlich berührt weg und versuchte, sie aus meinem Sichtfeld zu verbannen.

Aber nicht bloß ich. Auch Geta-Rocker und Vogelnest sprachen sie nicht an, wenn sie so dastand, und blickten nicht einmal in ihre Richtung. In stillschweigender Rücksichtnahme verlor niemand von uns darüber ein Wort.

Insgeheim vermutete ich, dass Yume-chan, die sich allabendlich mit uns nicht so ganz gesellschaftskonformen Gästen abmühte, selbst noch weitaus schlimmer dran war als wir. Sie lachte nicht, wenn es etwas zu lachen gab, wurde in unpassenden Momenten laut oder verfiel in mürrisches Schweigen, sodass ich nie wusste, was gerade in ihr vorging.

Ich begriff einfach nicht, weshalb sie sich beim Essen verschanzte oder warum sie nicht alles über ihr Verhältnis zu den Katzen preisgab. Dennoch war ich nie abgestoßen von ihrem ungewöhnlichen Gebaren. Vielmehr brachten mich gegenteilige Emotionen, die langsam in mir zu wachsen begannen, in eine gewisse Verlegenheit.

4

Mein Mentor Nagasawa zahlte mir ein angemessenes monatliches Gehalt. Ich konnte sogar etwas sparen, und Strom, Gas und Telefon wurden nun auch nicht mehr regelmäßig abgestellt. Und wenn ich nach einem Besäufnis am nächsten Tag in mein Portemonnaie blickte, rutschte mir kein Seufzer mehr heraus.

Aber mir war klar, dass ich nur als Mitglied des Nagasawa-Clans in diesem Stil leben konnte. Ich, Mori-san und alle anderen strampelten uns ab, um Nagasawa, den Star in der Fernseh- und Rundfunkbranche, zu unterstützen. Unsere Mitarbeit beschränkte sich nicht bloß auf die Programmgestaltung, sondern berührte auch sein Privatleben.

Einmal zum Beispiel erhielt ich einen Anruf von Nagasawas Ehefrau, die zu meinem Schrecken versuchte, mich auszuhorchen: »Wie ich höre, werden Sie ihm heute Abend wieder Gesellschaft leisten?«

Ich erfasste die Situation sofort und beschwindelte sie: »Ja, das stimmt. Heute Abend soll bei mir eine Besprechung mit Umtrunk stattfinden.«

Und wo steckte Nagasawa derweil, und was trieb er? Ein paar flüchtige weibliche Gestalten, einschließlich diverser Fernseh-Starlets, geisterten durch meinen Kopf, aber ich hatte keine Ahnung, was da konkret lief. Allerdings offenbarte der Anruf seiner Frau, dass Nagasawa mich hinter meinem Rücken benutzte. Als sein Laufbursche musste ich auch mein schauspielerisches Geschick unter Beweis stellen.

Ein anderes Mal bat mich Nagasawas Frau in einem ungünstigen Moment, ihren Mann ans Telefon zu holen. Mir brach der Schweiß aus, aber ich schaffte es dann doch, sie abzuwimmeln, indem ich ihr irgendwelchen Blödsinn auftischte: »Er hält gerade ein Nickerchen. Wenn ich ihn jetzt aufwecke, wird er ziemlich ungemütlich.«

Tatsächlich hatte Nagasawa die Marotte, andere zu drangsalieren, wenn seine miese Laune einen gewissen Pegel überschritt. Zwar blitzte immer wieder Wohlwollen auf oder ein kleiner Scherz dämpfte seinen Ärger, aber dann und wann brach eben ein unsichtbarer Damm und man musste sich vor ihm in Acht nehmen.

Bei seinem ersten Besuch im Karinka musste ich tatsächlich Schläge von ihm einstecken. Es war Ende November, die Zeit, in der kalte Winde zu wehen beginnen.

An jenem Abend erzählte ich Nagasawa von dem Katzenplan. Wir saßen schon eine Weile am Tresen, und er hatte jedes Mal gejauchzt, wenn eine der Katzen am Fenster erschien.

»Ich liebe Katzen!«

Deshalb animierte ich ihn zum »Miau-jongg«. Zu der

Zeit befand sich keiner der Stammgäste im Laden, die mich allesamt für einen Grünschnabel hielten. Weder Vogelnest noch Geta-Rocker, noch Madame Granatapfel oder Natasha waren da. Und so erklärte ich Nagasawa dieses simple Spiel mit einer Kennermiene, als wäre ich ein alter Hase. Als ich dann auf den Katzenplan am Kühlschrank wies und erklärte, dass die Person, die ihn gezeichnet hatte, am Grill stand, rief er wie erwartet aus: »Ich bin beeindruckt!«

Er meinte es wahrscheinlich tatsächlich ernst. Er stand sogar extra auf, um Yume-chan zu applaudieren: »Du bist klasse! Total talentiert!«

Yume-chan ließ ihn nicht auflaufen, sondern lächelte ganz unbefangen, was sie selten tat.

»Ach, so toll ist der Plan nun auch nicht.«

Ich bat sie dann, den Katzenplan vom Kühlschrank abzunehmen und uns an den Tresen zu bringen. Zwar wollte ich Nagasawa die Möglichkeit geben, ihn genauer anzuschauen, aber ehrlich gesagt ging es mir auch darum, die Illustrationen endlich selbst aus nächster Nähe betrachten zu können.

Es waren siebzehn mit Bleistift gezeichnete Katzen. Elf davon hatte ich bereits leibhaftig zu Gesicht bekommen. Obwohl die Katzen wie Comicfiguren aussahen, waren sogar die, die ich noch nie erblickt hatte, in meiner Vorstellung bereits lebendige Wesen, die ein echtes Dasein führten.

Nagasawa und ich beschlossen, unser Zechgeld beim »Miau-jongg« zu verwetten. Nagasawa setzte auf Toto aus der Hachiware-Fraktion. Ihm war aufgefallen, dass sich an jenem Abend noch kein schwarz-weißes Exemplar auf der Mauer hatte blicken lassen. Ich selbst tippte auf die silber-grau gestreifte Muku von den Sabatoras. Tatsächlich erschien dann aber nicht mal zehn Minuten später eine schwarze Katze. Sie starrte mit ihren bernsteinfarbenen Kulleraugen zu uns zum Tresen hinunter. Laut Katzenplan handelte es sich womöglich um Drumstick, der dort mit den Worten »goldene Augen, betagt« beschrieben war. Die Katze im Fenster hatte räudiges Fell und wirkte ziemlich alt. Nagasawa brach lachend auf dem Tresen zusammen, obwohl er falsch geraten hatte.

Wir spielten an dem Abend noch mehrfach »Miaujongg«. Keiner von uns lag auch nur einmal richtig. Wann immer eine Katze auftauchte, die unsere Erwartungen enttäuschte, sprangen wir auf und johlten irgendwelchen Blödsinn, bevor wir Yume-chan einen Lemon Sour als Platzgebühr spendierten. Nagasawa war ganz aus dem Häuschen.

»Das kann man doch verwenden … Das kann man doch verwenden …« So redete er auf mich ein und schaute abwechselnd Yume-chan und mich an.

»Das taugt für eine Unterhaltungssendung. Das Konzept ist wahnsinnig originell und fast schon komplett. Danke, dass du mich hierhergebracht hast.«

Nagasawa streckte mir seine Hand entgegen, die ich nur zögerlich ergriff. Tatsächlich wollte ich das, was er da soeben von sich gegeben hatte, keinesfalls einfach so hinnehmen.

»Aber ... äh ...«, stammelte ich.

»Was denn?«

»Na ja, so habe ich das aber ...«

Bei mir meldeten sich Skrupel. Hätte ich ihm nach dem Mund geredet – »Ach so ... Schön, freut mich, dass Ihnen das Spiel gefällt« –, wie er es von mir erwartete, wäre der Abend friedlich verlaufen. Aber ich wusste von Anfang an, dass es anders kommen würde, denn auch ich war betrunken. Ich konnte meine wahren Gefühle nicht im Zaum halten. Ich wollte nicht, dass er sich so leichtfertig das »Miau-jongg«, das nur die Stammgäste im Karinka spielten, und den von Yume-chan eigens gezeichneten Katzenplan für seine Zwecke aneignete. Das wurmte mich.

»Was soll das heißen? So habe ich das aber ...«

Nagasawas Mund verzog sich augenblicklich. Das Grinsen hing zwar noch in seinem Gesicht, aber es war nicht zu übersehen, dass unter seiner Haut etwas Heftiges zu brodeln begann. Vorsichtshalber entschuldigte ich mich und senkte den Kopf.

»Wie ... Entschuldigung ...?«

»Nein, ich meine ...«

»Wenn du was dagegen hast, sag es!«

Mein Mentor lächelte. Das schüchterte mich noch mehr ein.

»Komm, spuck es aus! Die Idee ist doch großartig! Wenn wir das Spiel in einer Sendung unterbringen, wird uns das hohe Einschaltquoten bescheren.«

»Das glaube ich gern.«

»Wie bitte?«

Hinter den Augen meines Mentors begann es zu blitzen.

»Ich sehe es so ...«, begann ich zögerlich.

»Na, wie denn?«

»Ich denke, Yume-chans Katzenplan und das Spiel, an dem sich hier alle beteiligen, sind für die Gäste etwas ganz Besonderes. Vor allem dieser Katzenplan ... Daher finde ich, das Ganze muss mit der nötigen Wertschätzung behandelt werden.«

»Du kapierst es nicht. Darum geht es mir doch. Und genau deshalb möchte ich das Spiel ins Programm aufnehmen. Es wäre doch schön, wenn sich die Zuschauer in ganz Japan daran erfreuen könnten. Außerdem könnte diese Yume-chan als Kommentatorin auftreten. Das wäre eine prima Werbung für den Laden.«

»Ja.«

Ich senkte abermals den Kopf. Aus den Augenwinkeln bemerkte ich, dass Yume-chan zu uns herüberstarrte. Vielleicht äußerte ich nun deshalb Dinge, die ich normalerweise nicht gesagt hätte.

»Verzeihen Sie, aber dann ...«

»Was ist dann ...?«

»Nun, wenn das so ist ... Dann überlassen Sie es doch mir. Lassen Sie mich daraus eine Sendung machen. Ich werde mich mit vollem Engagement dafür einsetzen.«

Nagasawa schüttete sich aus vor Lachen und wischte sich die Tränen aus den Augen. Ein schlechtes Zeichen.

»Du willst eine Sendung machen? Wo du nicht mal ein vernünftiges Quiz zustande bringst? Was glaubst du, wen du vor dir hast?«

Er gab mir einen Klaps auf den Hinterkopf.

»Ich habe die Oberschule abgebrochen. Zu akademischen Kreisen hatte ich nie Zugang. Deshalb habe ich über einen Teilzeitjob bei einer Produktionsfirma den Einstieg in die Branche geschafft. Hast du eine Ahnung, wie hart ich dafür schuften musste? Und was ist mit dir? Trotz Uni-Abschluss kriegst du nicht mal ein vernünftiges Quiz auf die Reihe. Du kapierst offenbar nicht, was für eine Chance du von mir bekommen hast. Und ausgerechnet du willst gleich eine komplette Sendung konzipieren?«

Seine Hände flogen weiter auf mich zu.

Er traf mich zwar nicht mit voller Wucht, aber es setzte einige Schläge auf den Kopf. Ich wehrte mich jedoch kein bisschen, sondern hielt nur den Blick gesenkt.

»Aufhören!«

Der Schrei kam von Yume-chan. Sie schoss vom Grill auf uns zu.

»Hören Sie auf, ihn zu schlagen!«

Mit der Grillzange in der Hand blickte sie erst Nagasawa und dann mich an. Anders als sonst nahm mich diesmal nicht nur ihr linkes Auge, sondern auch das rechte ins Visier. Ihre beiden Lider zuckten.

»Mit mir ist alles in Ordnung.«

Ich hielt weiterhin beide Hände schützend vor mich, während Nagasawa sich, die Nase hochziehend, erhob.

Er nahm zwei Zehntausend-Yen-Scheine aus seinem Portemonnaie und warf sie auf den Tresen.

»Es gibt einen Haufen Menschen, deren einzige Freude das Fernsehen ist. Denk mal darüber nach.«

»Ja.«

Nagasawa preschte aus dem Laden und rempelte dabei etliche Gäste an. »He«, hörte ich einige rufen, die versuchten, ihm – soweit es der enge Schlauch des Karinka zuließ – aus dem Weg zu gehen.

»Pardon.«

Das war alles, was er sagte, bevor er die Kneipe verließ.

»Was war das denn?«

Einer der Stammgäste, ein Verleger für erotische Literatur aus Suido-bashi, warf mir missbilligende Blicke zu. Der üppige Schnurrbart unter seiner Nase erinnerte mich in seiner Form an einen Vulkan wie den Fuji.

»Ist das dein Vorgesetzter?«

»Ja, ich verdanke ihm meinen Job.«

»Der scheint ja einige Komplexe zu haben«, sagte der Erotik-Verleger und strich sich mit zwei Fingern über seinen Fuji-Bart.

»Es tut mir echt leid.«

Yume-chan stand, ohne ein Wort zu sagen, vor mir, bevor sie den Katzenplan an sich nahm. Diesmal jedoch pinnte sie ihn nicht an den Kühlschrank, sondern verstaute ihn hastig im Regal.

»Entschuldige, ich komm gleich zurück.«

Nachdem ich mich erst bei ihr und dann bei den anderen Gästen entschuldigt hatte, verließ ich den Laden.

Ich erblickte Nagasawa in der Ferne, wie er am Hanazono-Schrein vorbeiging und in Richtung Yasukuni-Boulevard torkelte. Schnellen Schritts lief ich ihm hinterher und sprach ihn in gehörigem Abstand an, um mir keine weiteren Prügel einzufangen.

»Nagasawa-san, es tut mir leid. Ich habe mich zu sehr aufgespielt.«

»Hm«, brummte Nagasawa und drehte sich um. Doch dann setzte er schweigend seinen Weg fort. Vor der Polizeistation bog er links ab und begann, die Treppe zu erklimmen, die zum Gelände des Hanazono-Schreins führte. Ich folgte ihm.

»Nun, das Katzenspiel im Karinka ist mir eben wichtig.«

»Wichtig? Was willst du mir damit sagen?«

Nagasawa stieg weiter die Stufen empor, ohne sich umzuwenden.

»Ich glaube, da steckt mehr dahinter. Das Spiel mögen die Gäste einfach so aus Lust und Laune erfunden haben, aber mit dem Katzenplan hat es noch etwas anderes auf sich ... Ich denke, es gibt einen speziellen Grund, weshalb Yume-chan die Katzen aus der Gegend gezeichnet hat.«

»Wieso?«

»Na ja, sie redet nicht darüber. Wenn ich versuche, sie darauf anzusprechen, macht sie dicht.«

Nagasawa nickte und blieb endlich stehen. Er drehte sich zu mir um.

»Deshalb will ich nicht, dass das Spiel in einer Show

in irgendeinem Nischenprogramm endet. Und deshalb habe ich unwillkürlich ... Es tut mir leid.«

»Und wann gedenkst du, dir die Flausen aus dem Kopf zu schlagen und auf den Teppich zu kommen? Es sind neunundvierzig deiner Quizfragen im Papierkorb gelandet. Und ich bin es, der dein Gehalt zahlt.«

Mir blieb nichts anderes übrig, als beschämt den Blick zu senken. Aber trotz meiner Trunkenheit meldeten sich Gedanken in meinem Kopf, die sich in klare Worte fassen ließen.

»Aber ...«

»Aber was?«

»Ich würde gerne mal etwas unter meinem eigenen Namen erschaffen. So wie Sie, Nagasawa-san. Ein ganzes Projekt planen. Einen Entwurf zu Papier bringen.«

»Und woran denkst du?«

»Ich finde eine Show ist nicht der richtige Ort für die Geschichte von Yume-chans Katzenplan. Mir schwebt eher ein Drehbuch vor. Wie wäre ein Spielfilm mit dem Titel ›Der Plan der Katzen‹?«

»Tsss ...« Verächtlich schnalzte Nagasawa mit der Zunge.

Es war zu dunkel, um ihn genau erkennen zu können, aber er schien mich mit seinen Blicken zu durchbohren, während er hin und her schwankte.

»Wie blöd bist du eigentlich? Du existierst nur so lange in der Unterhaltungsbranche, wie du mit mir zusammenarbeitest. Beim Fernsehen gibt es klar getrennte Ressorts. Wenn du Drehbücher für Spielfilme schreiben willst, musst du dir einen entsprechenden Mentor suchen, bei dem du das lernen kannst. Ich will dich nicht davon abhalten.«

»Ja schon, aber wieso ... Wieso kann ich nicht ein Drehbuch schreiben und gleichzeitig an einem Unterhaltungsprogramm arbeiten?«

»Idiot!«

Nagasawa hob seine rechte Hand. Ich wich zurück.

»Du kapierst überhaupt nichts! Ich schäme mich für dich! Weißt du eigentlich, wie viel Mühe es mich gekostet hat, dich ins Produktionsteam zu schleusen?«

Nachdem er mich angeschrien hatte, drehte er sich um und lief weiter. Stur ging er den Pfad hoch zum Schrein. Ich verstand seine Argumente, und es tat mir leid, aber ich wollte ihm nicht länger folgen.

Als ich ins Karinka zurückkehrte, war der Besitzer Isao da. Ich erfuhr, dass Yume-chan kurz zuvor gegangen war. Die beiden Zehntausend-Yen-Scheine, die Nagasawa auf den Tresen geschmissen hatte, lagen immer noch da. Aber ich bezahlte die Zeche aus eigener Tasche, ohne sein Geld anzurühren. Dann eilte ich schnell davon.

Ich musste mich bei Yume-chan entschuldigen. Mit welch entschlossener Miene sie dagestanden hatte, als sie versuchte, Nagasawa zu stoppen. So hatte ich sie noch nie erlebt. Ich musste sie unbedingt um Verzeihung bitten. Und ihr von meinem Vorhaben berichten, möglicherweise ein Drehbuch für einen Spielfilm über den Katzenplan zu schreiben.

Allerdings konnte ich Yume-chan nirgends entdecken.

Sämtliche Straßen von Shinjuku waren voller Passanten. Fast alle Lokale auf der Golden Gai waren beleuchtet: rot, weiß, blau – die Minigalaxie hüpfte bunt durcheinander. Die schmalen Gassen wimmelten von Betrunkenen. Irgendwie hatten alle einen seligen Ausdruck im Gesicht.

Ich dachte an Yume-chans nüchterne Miene, wenn sie am Grill stand, die sich von den angeheiterten Visagen hier deutlich abhob. Wo mochte sie jetzt sein? Ich hätte sie zu gern getroffen.

Aber ich wusste nicht einmal, wo sie wohnte. Weder kannte ich ihren richtigen Namen noch ihr Alter, geschweige denn, dass ich eine Ahnung hatte, wie es um ihr Privatleben bestellt war, ob sie einen Freund hatte zum Beispiel. Alles, was ich über sie wusste, war, dass sie im Karinka arbeitete und den Plan der Katzen gezeichnet hatte.

Vor dem baufälligen Love-Hotel gegenüber des Karinka blickte ich mich mehrmals um. Es war ein schon lange leer stehendes Gebäude, das zu Teilen bereits abgerissen war. Vermutlich hatte der Eigentümer zwischenzeitlich gewechselt. Das Erdgeschoss war mit einem Eisengitter umgeben, damit niemand eindringen konnte. Ich blieb davor stehen und suchte weiterhin die Umgebung ab, in der Hoffnung, dass Yume-chan doch noch irgendwo auftauchte.

Plötzlich ertönte aus der gespenstischen Ruine das Miauen einer Katze. Als ich nach oben blickte, sah ich einen Hachiware im zerbröckelten Gemäuer der ersten Etage hocken. Der Kater schaute auf mich herab und miaute leise. Da ich mir den Plan gut eingeprägt hatte, wusste ich sogleich seinen Namen.

»Toto!«

Der Kater maunzte abermals. Ich hatte das sichere Gefühl, dass er mich direkt anschaute.

»Weißt du, wo Yume-chan steckt?«

Er drehte sich mit einem verächtlich wirkenden Schnauben weg und zog sich in die Ruine zurück.

Aus irgendeiner Kneipe drang Musik, Carole Kings »Tapestry«. Ich lehnte mich ans Eisengitter und schaute geistesabwesend zu, wie die Vergnügungslustigen an mir vorbeiströmten.

5

Der Grill im Karinka wurde mit Holzkohle befeuert. Das Essen wurde sanft über der Glut gegart, was für den vorzüglichen Geschmack der Spießgerichte sorgte. Die meisten Gäste bestellten hier Yakitori und als Getränk Hoppy oder Highball. Ich folgte auch diesem Usus, aber es gab eine weitere Speise, die ich gelegentlich als Imbiss zu mir nahm.

Grillpaprika.

Yume-chan ließ sich von den Gästen oft auf diese Kleinigkeit einladen, wenn die Platzgebühr fällig war. Man hörte dann zwar oft den Kommentar: »Und das soll schmecken?«, aber die Grillpaprika war wirklich lecker. Ich muss mich bei allen Paprikaschoten auf der Welt entschuldigen, dass mir lediglich das Wort »lecker« dazu einfällt.

In den meisten Restaurants werden bei der Zubereitung von Paprika den Schoten die Stiele abgerissen, und die Kerne sowie das weiße Fruchtfleisch werden entfernt. Es wird dann immer nur die Frucht, die grüne Schale, verwendet und häufig in Würfel geschnitten. Mir hat diese Art brav zurechtgestutzter Paprikaschoten noch nie geschmeckt, selbst wenn sie gut zubereitet waren.

Einmal erklärte mir Yume-chan, eine noch rohe Schote auf der Handfläche präsentierend, dass sie Paprika für sich gern »grünes Kämmerchen« nannte. Als ich sie für diesen Ausdruck lobte, entgegnete sie, dass es eine Menge wundervoller Wörter gebe, und hielt mir die Schote vor die Nase.

»Ein grünes Kämmerchen also«, wiederholte ich.

»Ich nenne sie so, weil ich glaube, dass ihr Innerstes voller Geheimnisse ist.«

Deshalb gelangte im Karinka kein Messer an die Schoten. Ohne zerschnitten zu werden, lagen sie stets unversehrt auf dem Rost des Grills. Im Feuer wurden sie ihrer dünnen Schutzhaut entkleidet und zu grünen Nackedeis. Das Fruchtfleisch wurde von innen nach außen gedünstet. Man wendete die Schoten hin und her, bis sie braun gebraten waren und das Fruchtfleisch ganz weich wurde, bereit zum Verzehr. Dann kam der Moment, in dem es so war, als würde einen die Schote auffordern, herzhaft in sie hineinzubeißen.

Eines Abends saß ich wieder am Ende des Tresens, trank einen Hoppy und bestellte bei Yume-Chan besagte Paprikaschoten.

Zwei Wochen waren seit dem Vorfall vergangen, als Yume-Chan Nagasawa daran gehindert hatte, mich allzu unsanft zu behandeln. Ich wollte eigentlich danach sofort wieder ins Karinka, um mich bei ihr für den Vorfall zu entschuldigen, aber ich hatte keine Zeit, da ich mit dem Sonderprogramm zum Jahreswechsel vollauf beschäftigt war.

Als ich nun nach der langen Pause die Glastür aufschob, schenkte Yume-Chan mir ihr übliches dezentes Lächeln. Eigentlich hätte ich mich gern an einen der Plätze vor dem Grill gesetzt, aber die waren schon von Natasha und Fujibart belegt. Sie schienen in ausgelassener Stimmung zu sein.

»Tut mir leid wegen neulich.«

Ich überreichte Yume-Chan, die gerade mit Beilagenschälchen zum Tresen kam, ein kleines Blumenbouquet, das ich am Bahnhof Shinjuku gekauft hatte. Ich kannte zwar den Namen der Blumen nicht, aber es war ein farblich hübsch arrangierter Strauß.

»Ach herrje! Das wäre doch nicht nötig gewesen!«

Mit erstaunt aufgerissenen Augen streckte Yume-chan zögerlich ihre Hand aus, um die Blumen in Empfang zu nehmen.

»Sie sind wunderschön. Jetzt machst du mich aber verlegen.«

»Aber nein, ich wollte mich nur für deine Hilfe neulich revanchieren.«

»Sieh mal einer an«, johlte Fujibart, worauf er sich jedoch sogleich, von Natasha in den Rücken gestupst, verlegen am Kopf kratzte.

Yume-Chan betrachtete den Strauß von allen Seiten, bevor sie mich anschaute.

»Geht es dir denn gut?«, erkundigte sie sich.

»Na ja, so lala.«

Ich lächelte schwach und bestellte gegrillte Paprika.

»So lala« bedeutete tatsächlich so lala. Es ging mir nicht sonderlich gut, sogar zunehmend schlechter, obwohl sich an meiner Situation gar nichts geändert hatte. Als ich Nagasawa ein paar Tage nach unserem Streit traf, erklärte er mir ausführlich die Produktion des Sonderprogramms zum Jahreswechsel, und es gab keine Anzeichen dafür, dass sich an unserem Arbeitsverhältnis irgendetwas ändern würde. Aber tief in meinem Inneren hatte ich ein anderes Problem erkannt: Mir leuchtete ein, was Nagasawa mir gesagt hatte, dass es unsinnig sei, weiterhin in seinem Büro zu arbeiten, wenn ich tatsächlich Drehbücher verfassen wollte. Und doch brachte ich es nicht über mich, Nagasawas Erwartungen zu enttäuschen. Mit anderen Worten, ich saß zwischen den Stühlen.

Während ich so dasaß und vor mich hin grübelte, wendete Yume-Chan die Paprikaschoten auf dem Rost. Da ich mich beim Gedanken an meine Zukunft sowieso heillos im Kreis drehte, wollte ich jetzt einfach nur abschalten.

Der Katzenplan hing am Kühlschrank. Draußen vor dem Küchenfenster sah ich die Betonmauer, die auch heute Abend auf die Katzen wartete. Das Blumenbouquet lag auf der Kante des Geschirrregals, und aus den betagten Lautsprechern erklang ein japanischer Blues.

Ich erinnerte mich an das erste Mal, als ich Yume-chans Grillpaprikas gegessen hatte. Ich war noch nicht lange Gast im Karinka. Als ich sie fragte, ob es außer den Yakitori noch andere empfehlenswerte Gerichte gebe, erwiderte sie prompt: »Ich hätte noch grüne Paprika.«

Als sie mir dann einen Teller mit den dampfenden Schoten hinstellte, empfahl sie mir: »Beiß zuerst ins Hinterteil.«

»Wieso?«, fragte ich zurück.

»Na, bei dem schmalen Ende braucht man den Mund nicht so weit aufzureißen«, erklärte sie, wobei sie auf die Spitze der Schote wies.

Dies war das erste Mal, dass ich eine Grillpaprika im Ganzen aß. Als ich ihrem Rat folgte und ins Hinterteil der zwischen die Stäbchen geklemmten Schote biss, geriet ich augenblicklich in Verzückung: »Uiii ... Heiß!«

Ich glaube, das ist meine spontane Reaktion gewesen. Der gedämpfte Saft spritzte aus der Schote. Er war wirklich unglaublich heiß. Aber gleichzeitig war da dieses ursprüngliche, reine Paprikaaroma. Der Geschmack vermittelte sich mit dem Dampf. Ich krümmte mich und musste lachen. Das Heiße besaß auch eine milde Süße. Diese Kombination war umwerfend. Die Paprika war zusätzlich gewürzt mit einer reichlichen Menge an Bonitoflocken. Die Süße breitete sich explosiv im Mund aus. Gut ... Echt gut ...

So köstlich konnten also Paprikaschoten sein. Das Geschmackserlebnis war herrlich erfrischend. Durch das Dämpfen waren die Kerne und das weiße Fruchtfleisch ganz zart, sodass sie keinen Widerstand im Mund bildeten. Auch das Kopfende ließ sich gut kauen. Mit jedem Bissen entfaltete sich die natürliche Süße mehr und mehr. Ich war schlichtweg erstaunt darüber, wie eine Paprika schmecken konnte.

»Yume-Chan, das ist total lecker. Woher kommen diese Paprikaschoten?«

Ich streckte mich weit vor, damit mich Yume-chan am Grill verstand.

»Ach, von keinem besonderen Ort ... Es sind ganz normale Paprika aus dem Kabuki-Viertel.«

Woraufhin ich eine unglaublich dumme Frage stellte.

»Ganz normale Paprika aus dem Kabuki-Viertel? Aha ... Gibt es da einen Bauern, der sie selbst anbaut?«

Yume-chan löste sich vom Grill und steuerte mit ernster Miene auf mich zu.

»Glaubst du etwa, dass es Felder im Kabuki-Viertel gibt?«

»Nee.«

»Tja ... Das sind ganz normale Paprikaschoten aus einem Supermarkt im Kabuki-Viertel.«

»Aha, ganz normale Paprika also. Aber sie sind echt gut. Die werfen doch das gewöhnliche Verständnis von Paprikaschoten komplett über den Haufen.«

»Freut mich, auch für die Schoten.«

Ich nickte heftig mit dem Kopf, Yume-Chan lächelte nur einmal knapp, dann trafen sich unsere Blicke. Eine sehr nette Beilage.

An diesen Abend denke ich gern zurück.

»Hier, bitte sehr!«

Auch diesmal brachte mir Yume-chan einen Teller mit zwei Grillpaprikas. Bonitoflocken tanzten, durch den Dampf entfacht, darauf herum.

Ich gab einen Schwung Sojasoße dazu. Das war eine gewagte Aktion, um die aufgeregten Bonitoflocken zu beruhigen.

Wie üblich knabberte ich die Schoten vom Hinterteil aus an.

»Uiii ...Heiß!«

Mich windend genoss ich die milde Süße, die sich in meinem Mund ausbreitete. Hmmm, wie lecker ...

Doch diesmal konzentrierte ich mich nicht allein auf diese Geschmackssensation. Während ich die gegrillten Paprikaschoten kostete, keimte nämlich ein Gedanke in mir auf. Und je betrunkener ich im Laufe des Abends wurde, umso stärker nahm dieser Form an.

Ich bestellte einen Hoppy nach dem anderen und wartete auf eine Gelegenheit, um mit Yume-Chan zu sprechen. Aber Natasha und Fujibart machten keine Anstalten, ihre Plätze dem Grill gegenüber zu verlassen.

Mametarō erschien am Fenster. Als ich ihm zuwinkte, miaute der Kater und streckte seitlich seine Zunge heraus.

Ich holte ein loses Blatt aus meiner Tasche und begann, darauf zu schreiben. Die Menge Alkohol, die ich intus hatte, trug wesentlich dazu bei.

Liebe Yume-chan!

Heute Abend ist Mametarō am Fenster erschienen, um Hallo zu sagen. Die Katzen kommen inzwischen nicht mehr so oft wie früher, was an der Kälte liegen mag. Ich frage mich, wo sie die Nächte verbringen.
Ich würde dich gerne treffen, um in Ruhe mit dir zu sprechen. Ich möchte mehr über den Katzenplan, den du gezeichnet hast, erfahren und, wenn möglich, deine Geschichte dann zu einem Drehbuch für einen Spielfilm verarbeiten.
Ich komme ja immer bloß als Gast ins Karinka, deshalb könnte ein privates Treffen vielleicht ein Problem für dich darstellen. In diesem Fall könnten wir auch hier im Laden miteinander reden. Ich möchte mich einfach nur mit dir unterhalten.
Verzeih meine Aufdringlichkeit.
Auch wenn ich mich wiederhole, möchte ich mich für neulich Abend bei dir bedanken. Um ehrlich zu sein, werde ich andauernd von meinem Chef auf diese Weise schikaniert. Ich verärgere ständig alle in meiner Umgebung, weil ich immer so unschlüssig bin. Irgendwie stecke ich in meinem Muster fest. Auch um daraus auszubrechen, möchte ich die Geschichte über dich und die Katzen hören.
Ich würde dich sehr gern treffen.
Die Grillpaprika heute Abend waren einsame spitze – wie immer.
Seita Yamazaki

Nachdem ich das geschrieben hatte, wusste ich nicht, was ich als Nächstes tun sollte. Ihr den Brief geben? War er denn überhaupt gut? Vielleicht würde ich das Karinka nie mehr betreten können, wenn sie ihn gelesen hatte. Aber ich entschied mich dennoch dafür. Neben meinen Namen fügte ich noch Adresse und Telefonnummer hinzu.

»Danke für das Essen.«

»Immer gern.«

Die Kasse befand sich in größerem Abstand vom Grill am anderen Ende des Tresens, direkt vor einem Barhocker. Etwa da, wo ich saß. Nachdem ich bezahlt hatte, bedankte sich Yume-chan noch einmal für die Blumen. In dem Moment überreichte ich ihr das vierfach gefaltete Stück Papier.

Es schien, als wollte sie fragen: »Was ist das?«, aber ihr Mund öffnete sich nur zum »Wa«, den Rest hauchte sie aus. Wortlos nahm sie den Zettel entgegen und steckte ihn in die Schürzentasche.

Als ich das Karinka verließ, gab mir Fujibart einen Klaps auf den Po. Feixend rief er: »Du bist mir ja einer!«

Natasha knuffte ihn abermals in den Arm.

Ich verabschiedete mich mit einer Verbeugung und verließ den Laden, ohne Yume-chan anzuschauen.

Dann war es Nacht.

Obwohl ich betrunken war, konnte ich nicht einschlafen.

Hatte Yume-chan den Brief schon gelesen? Hoffentlich empfand sie mich nicht als zu aufdringlich.

Außerdem ging mir das Programm-Meeting, das in zwei Tagen fällig war, durch den Kopf. Die fünfzig Quizfragen, die ich dort einreichen musste, waren immer noch nicht fertig. Auch die Präsentation der Konzepte für das Nachrichtenmagazin stand bevor. Wie sollte ich das alles bewältigen?

Als das Telefon klingelte, glaubte ich zunächst, es sei Nagasawa, denn der kannte kein Pardon. Ihm war es egal, ob ich schlief oder nicht. Es war nicht ungewöhnlich, dass er mich nachts anrief, um mir mitzuteilen, dass ich dieses oder jenes tun sollte. Es war dann aber eine leicht lispelnde Stimme, die sich meldete, als ich vom Futon aus den Hörer abnahm.

»Entschuldige den späten Anruf.«

»Ah ...«

»Hier ist Yume.«

Ich erhob mich vom Futon und setzte mich im stockdunklen Zimmer feierlich in den Fersensitz.

»Ich hoffe, das mit dem Brief war in Ordnung.«

»Ja, natürlich.«

Das kurze Schweigen war fast unerträglich. Die Dunkelheit im Zimmer lastete auf mir wie ein Gewicht. Meine Hand umklammerte den Hörer fester.

»Am Sonntag hätte ich Zeit ...«, hörte ich Yume-chan sagen.

»Sonntag?«

Mir schoss sofort durch den Kopf, dass Sonntag das Meeting im Büro angesetzt war. Nagasawas Gesicht tauchte vor meinem inneren Auge auf.

»Am Sonntag habe ich nämlich frei ...«

»Sonntag ... das ginge«, sagte ich lapidar.

Und das Meeting? In mir tobte ein Kampf. Aber ich hatte die Entscheidung bereits gefällt. Sonntag hatte ich Zeit. Was auch kommen mochte, ich hatte ganz sicher, Zeit, ich war fest entschlossen.

»Wirklich? Du hast schon was vor, oder?«

»Nein, das passt schon.«

Yume-chan hauchte ein leichtes Lachen, als wollte sie meine aufgeregte Stimme sanft einhüllen.

»Yama-chan, die Woche danach ist doch Weihnachten.«

»Ach ja, stimmt ...«

Tatsächlich standen die Feiertage bevor. Ich war mit Arbeit eingedeckt und hatte mit solch allgemeinen Festivitäten sowieso nicht viel am Hut, sodass mir Weihnachten für den Moment entfallen war.

»Darf ich dich etwas fragen?«

»Hm?«

Ich hatte wohl meinen Atem mit der Spucke verschluckt.

»Also, da bald Weihnachten ist ...«

»Hm«, erwiderte ich, jedoch ohne Betonung.

»Darf ich dich um etwas bitten?«

»Ja, natürlich. Bis eben habe ich kaum über Weihnachten nachgedacht. Aber ...«

Yume-chan schwieg. Ich hatte den Eindruck, als würde sie nach den richtigen Worten suchen.

»Vielen Dank noch mal für die Blumen. Ich habe mich sehr gefreut darüber.«

»Keine Ursache. Ich habe dir ja auch Unannehmlichkeiten bereitet.«

»Ach, nein. Und ähm ... Blumen sind zwar hübsch, aber ich wünsche mir ein anderes Geschenk von dir zu Weihnachten.«

»Ah ... ja.«

»Soll ich es sagen?«

Was konnte sie nur von mir wollen? Ich fühlte eine Mischung aus Bereitschaft, mich der Sache zu stellen, und ein wenig Beklommenheit.

»Sag einfach, was du brauchst.«

»Ich ... äh ... hätte gern Katzenfutter.«

»Katzenfutter?«

»Ja. Wenn's geht, aus der Dose.«

»Aha, aus der Dose.«

»Und wenn's geht ...«

»Ja?«

»Ich möchte möglichst viel davon.«

»Möglichst viel?«

»Ja, wir treffen uns am Sonntag vor Weihnachten, und du bringst mir bitte möglichst viel Katzenfutter mit.«

Ich willigte mit einem unbedachten »Okay« ein, obwohl ich mich schon ein wenig überrumpelt fühlte. Yume-chan wechselte daraufhin das Thema und erklärte mit fröhlicher Stimme, dass sie gern mal ausländische Küche probieren würde. Mir kam ein türkisches Restaurant im Kabuki-Viertel in den Sinn. Als ich ihr das vorschlug, reagierte sie ganz begeistert: »Ich wollte schon immer mal in die Türkei reisen. Und türkisches Essen probieren.« So euphorisch kannte ich Yume-chan nicht, im Karinka war sie viel zurückhaltender. Wir verabredeten uns für 18 Uhr am Ostausgang des Bahnhofs Shinjuku vor einem Einkaufszentrum.

»Yama-chan, ich danke dir. Schlaf gut!«

»Ich habe zu danken, schlaf du auch gut.«

Als ich den Hörer aufgelegt hatte, ließ ich mich rücklings auf den Futon fallen. Es war das gleiche Gefühl wie damals, als ich zum ersten Mal das »Miau-jongg« miterlebt hatte. Warme Kugeln hüpften in meinem Innern auf und ab. Ich hätte am liebsten laut losgelacht. Aber ich konnte nicht. Mir fehlte einfach die Kraft. Einsam lag ich in meinem Zimmer und starrte bloß an die dunkle Decke.

6

Im Bahnhof Shinjuku war die Hölle los. Massen von Menschen wälzten sich über Bahnsteige, Treppen und durch die Halle, sodass ich kaum vorankam.

Es war der Sonntag vor Weihnachten. Ich bereute meine naive Idee, mich an diesem Tag vor dem Einkaufszentrum zu verabreden, und versuchte, mich durch den endlosen Strom zu lavieren. Ich hätte besser rennen sollen, um pünktlich zur verabredeten Zeit einzutreffen, aber abgesehen vom Gedränge hier im Bahnhof gab es noch einen weiteren Grund, weshalb ich nicht schneller laufen konnte.

Über meiner Daunenjacke trug ich einen prall gefüllten Rucksack. Außerdem hatte ich noch eine schwere Tüte bei mir. Beide waren vollgestopft mit dem Katzenfutter, um das mich Yume-chan gebeten hatte.

Um diese Uhrzeit hatten sich offenbar viele Leute hier am Bahnhof verabredet. Der Platz am Ostausgang war ebenfalls überfüllt. Auch vor dem Einkaufszentrum wimmelte es von Menschen. Es würde nicht leicht werden, Yume-chan zu finden.

Ich versuchte, sie in der endlos wabernden Menge zu entdecken, indem ich über die Köpfe der Menschen hinwegblickte. Einige Leute liefen mit Handys am Ohr herum. Auch unter den Fernseh- und Rundfunkautoren gab es inzwischen immer mehr Kollegen, die so ein Ding besaßen. Ich selbst spielte schon mit dem Gedanken, mir eins zu besorgen. Wenn jeder solch ein Handy besäße, könnte man sich in Menschenmengen leichter finden, wenn man verabredet war.

Während ich über die nahe Zukunft nachdachte, rempelte ich mich durch die Menge. Als ich den Platz überquerte, rief plötzlich jemand hinter mir meinen Namen.

»Yama-chan!«

Eine Stimme, die klang, als wäre alle Luft aus ihr entwichen. Als ich mich umdrehte, stand Yume-chan vor mir. Sie trug Jeans, darüber einen Lederblouson und hielt einen Stoffbeutel in der Hand.

»Ich bin nicht vorwärtsgekommen. Es war zum Verzweifeln.«

Mir war, als flöge Santa Claus in seinem Schlitten einen Tag früher über uns hinweg.

Beinahe hätte ich erfreut aufgeschrien. Ich fühlte mich so überrumpelt von der Situation, dass mir die Worte fehlten.

»Mann, was für ein Glück!«

Was für eine öde Begrüßung angesichts des großen Zufalls, uns einfach so gefunden zu haben. Während ich sprach, fühlte sich mein Mund merkwürdig sandig an. Yume-chan bewahrte ihr leises Lächeln, als sie zu mir hochschaute. Das lähmte mein Sprachzentrum erst recht.

»Komm, lass uns erst mal essen gehen«, riss ich mich zusammen.

»Ja, mir knurrt der Magen.«

Yume-chan nickte zustimmend.

»Na dann auf zum ›Istanbul‹!«

Ich hatte einen energischen Ton angeschlagen, doch meine Stimme erstarb sogleich wieder. Wortlos gingen wir nebeneinander her.

Wenn es einen Haufen Ungeklärtes und Fragen gibt, die zwischen zwei Menschen stehen, weiß man oft nicht, wo man anfangen soll, und es verschlägt einem schlicht die Sprache. Während wir unterwegs zum türkischen Restaurant im Kabuki-Viertel waren, sann ich über dieses paradoxe Gefühl nach. Vielleicht, dachte ich, griffen logische Argumente in solch einer Situation aber auch gar nicht. Ich war einfach nur verkrampft, weil ich Yume-chan zum ersten Mal alleine traf.

Als wir das Restaurant betraten, geleitete uns ein blauäugiger junger Türke zu unserem Platz. Etwa zwei Drittel der Tische waren bereits mit japanischen Pärchen besetzt.

Ich war noch nie in der Türkei gewesen und kannte mich überhaupt nicht in der Küche des Landes aus.

»Ich empfehle Ihnen das Standardmenü«, sagte der junge Ober und erklärte die Gerichte auf der Speisekarte in fließendem Japanisch.

Hummus, Spinat-Joghurt-Paste und Auberginenpaste

mit Hackfleisch. Aus diesen Beilagen bestand ein Vorspeisenteller. Die Cremes wurden mit Fladenbrot gegessen und schmeckten interessant. Sämig und trotzdem leicht. Aber da alles breiig weich war, fehlte dem Gericht doch ein gewisser Biss.

»Köstlich«, schwärmte Yume-chan, deren Augen glänzten, wie ich mir die Sterne über den Moscheen von Istanbul vorstellte. »Das esse ich zum ersten Mal.«

Sie schaufelte sich die Pasten direkt mit dem Löffel in den Mund. Dieses ungenierte Benehmen war ein ungewohnter Anblick für mich. Ich lernte sie von einer ganz neuen Seite kennen.

Im Unterschied zum Karinka gab es hier keinen Hoppy. Wir einigten uns darauf, dass man in der Türkei wohl keinen trank, ihn aber in einem Restaurant in Shinjuku besser anbieten sollte.

Schließlich tranken wir türkisches Efes-Bier und anschließend einen Schnaps namens Raki, der milchig trüb wurde, wenn man ihn mit Wasser vermischte. Der Raki roch würzig nach Anis.

»Ich war noch nie im Ausland. Irgendwann würde ich gern mal nach Istanbul reisen.«

Ihr linkes Auge blickte mich intensiv an, während sie am Raki schnupperte.

»In Istanbul findet man an jeder Ecke Moscheen.«

»Ja, das Land ist islamisch.«

»Ich möchte so gern mal dorthin. Ich interessiere mich sehr für die Türkei.«

»Das hast du bei unserem Telefongespräch erwähnt.«

»Ich habe mal ein tolles Foto gesehen. Es war in einem Reisemagazin, glaube ich. Man sah darauf eine alte Frau, die ihren Regenschirm über einen Esel hielt. Sie selbst war klatschnass, und trotzdem beschützte sie den Esel. Das hat mich so berührt, dass ich angefangen habe, viel über die Türkei zu lesen. Wusstest du, dass es dort Kamelringen gibt? Und dass die Besitzer der Tiere mit ihnen unter einem Dach wohnen? Die Distanz zwischen Mensch und Tier ist dort eine sehr geringe. Da würde ich zu gern mal hinreisen.«

»Ja, das passt zu dir.«

In Yume-chans blitzenden Augen konnte ich die alte Frau neben dem Esel und einen Kameltreiber sehen, der über den Hals seines Tiers strich. Ich hätte ewig in diese funkelnden Augen schauen können.

»Warst du schon mal im Ausland, Yama-chan?«

»Ja, aber da gibt's nicht sehr viel zu erzählen.«

In meiner Studentenzeit war ich einmal in Indien gewesen. Es war ein ziemlich abenteuerlicher Low-Budget-Trip, aber Yume-chan zeigte seltsamerweise vor allem Interesse, als ich erzählte, dass ich währenddessen krank geworden und fürchterlich abgemagert war.

»Die indische Diät, nicht wahr?«

»Nicht abgekochtes Wasser zu sich zu nehmen, ist dort sehr gefährlich. Schuld an meiner Krankheit waren wohl die frischen Säfte der Straßenhändler. Wenn man die täglich trinkt, erwischt es einen garantiert.«

Viel lieber wollte ich mit ihr über Katzen sprechen, aber irgendwie fand ich keinen richtigen Anknüpfungspunkt. Yume-chan redete stattdessen über die Gäste im Karinka, als wollte sie das Thema meiden. Sie amüsierte sich darüber, dass der Lehrer Tamago-san trotz seiner Kopfform keine gekochten Eier mochte und Madame Granatapfel eigentlich Abteilungsleiter einer großen Bank war.

Unser Hauptgericht war der vom blauäugigen Kellner empfohlene Iskender-Kebab. Ein Berg von geschnetzeltem Lamm, der auf einer eisernen Grillplatte brutzelte und mit reichlich geschmolzener Butter und Joghurt beträufelt wurde. Alles in allem war es ein abwechslungsreiches Menü. Das Fleisch war nicht zu fettig und schmeckte vorzüglich, ohne ein Völlegefühl zu erzeugen.

Anders als im Karinka lachte Yume-chan an diesem Abend häufig. Aber sie konnte auch diesmal nicht ganz von ihren skurrilen Essgewohnheiten lassen. Während des Hauptgangs legte sie sich einen Batzen Fleisch auf ihren Teller und verbarg ihn hinter ihrem Arm. Aß in einer Art Versteck.

Ich wusste nicht, wo ich hinschauen sollte, und kam dann auf ein Thema zu sprechen, das für mich sehr heikel war.

»Ob der Kellner durch seine blauen Augen die Welt genauso sieht wie wir?«

»Wie kommst du denn auf diese Idee?«

»Na, wenn man blaue Kontaktlinsen trägt, ist doch die ganze Welt blau getönt. Wie ist es dann bei blauäugigen Menschen?«

»Wenn blauäugige Menschen die Welt blau getönt wahrnehmen, müsste ja jeder die Welt in unterschiedlichen Farben sehen.«

Natürlich hatte sie recht. Schließlich erwähnte ich das Problem mit meinen Augen.

»Weißt du, Yume-chan, es gibt tatsächlich verschiedenfarbige Welten.«

»Was meinst du damit?«

»Äh ... sagt dir ›Farbenblindheit‹ etwas?«

»Was bedeutet das? Dass man keine Farben erkennen kann?«

»Nein. Das nicht. Farbenblindheit bedeutet, dass man einige Farben nicht genau unterscheiden kann. Bei mir ist das so.«

»Einige Farben?«

»Ja. Ich verwechsle Rot und Grün, wenn die beiden Farben blass ausfallen. Ich habe es lange nicht gewusst, aber normale Menschen sehen die Welt andersfarbig. Wegen meiner Augen war ich damals bei meiner Jobsuche sehr eingeschränkt. Ich fühle mich immer noch irgendwie ausgegrenzt.«

»Hm ... Bloß weil du eine andere Farbempfindung hast?«

»Vielleicht ist das der Grund, warum in meinem Leben immer alles schiefläuft.«

Yume-chan, die ihr Lammgericht weitergegessen hatte, während ich ihr die Sache mit der Farbenblindheit erklärte, legte nun die Gabel auf den Teller und schaute mich mit dem linken Auge intensiv an.

»Hat es dir sehr zu schaffen gemacht?«

»Hm, ich glaube schon. Wenn ich zurückblicke, war ich seit meiner Kindheit ein Außenseiter.«

»Wieso?«

»In der Grundschule haben wir zum Beispiel mal ein Klebebild gemacht, das Hortensien darstellen sollte, aber ich war der Einzige, der vom Lehrer nicht dafür gelobt wurde. Er sagte, solche Hortensien gebe es nicht.«

»Hm. Meine Augen funktionieren übrigens auch nicht richtig.«

»Wie ... nicht richtig?«

Ich wusste zwar, was sie meinte, tat aber so, als wäre diese Information neu für mich.

»Das ist dir doch bestimmt schon aufgefallen?«

»Hm ...«

»Ich schiele extrem.«

»Na ja, vielleicht ein leichter Silberblick.«

Ich stürzte den Raki mit einem Schluck herunter, wobei ich meinen Blick von Yume-chan löste, um sie gleich darauf von Neuem anzuschauen. Ich spürte, dass der Moment, ihr mitzuteilen, was mir auf dem Herzen lag, kurz bevorstand.

»Früher wurde ich immer dafür gehänselt: *Du guckst ja ganz schief* ... Oder: *Ein Auge in London, eins in Paris*. Die meisten Eltern hätten das wahrscheinlich korrigieren lassen, aber meine eben nicht.«

Mit einem vorsichtigen Nicken wagte ich mich vor: »Aber ... ich mag dein Gesicht. Man weiß nie genau, wen oder was du genau anschaust.«

Yume-chan lachte, ihre Augen blitzten.

»Das sagst du doch nur so ...«

Sie füllte mein leeres Glas mit Raki.

»Nein, echt jetzt! Auch deine Augen ... Wie soll ich sagen ... Ich mag sie ... «

Yume-chan schüttelte lächelnd den Kopf.

»Yama-chan, lass es gut sein. Bitte keine falschen Komplimente!«

»Nein, ich meine das ganz ernst.«

»Ich nehme die Welt eigentlich nur mit dem linken Auge wahr. Meine Sehkraft auf dem rechten ist minimal. Oft habe ich deshalb Kopfschmerzen, manchmal scheint sich sogar die Anzahl der Yakitori-Spieße auf dem Grill vor mir zu verdoppeln. Meistens ausgerechnet dann, wenn anstrengende Gäste kommen.«

Ich sah den nörgelnden Vogelnest vor mir und Mister Mumm, wie er sich wieder mal nicht mehr einkriegte und liebestoll aufführte. Oder meinte sie Nagasawa neulich?

»Deine Miene wirkt eigentlich immer etwas unbeteiligt. Ist es deshalb?«

»Tja, mag sein.«

»Aber du hast recht. Es gibt schon anstrengende Gäste im Karinka. Und alle machen sie ein großes Gewese um die Katzen, genau wie wir.«

»Das stimmt.«

»Wir sind schon alle ziemlich schräge Gestalten, wenn du mich fragst!«

Yume-chan lächelte abermals, aber unser Gespräch

wurde unterbrochen. Ein leidenschaftlicher Folkloresong schmetterte aus den Lautsprechern und füllte den Raum zwischen uns. Ein Stück, dessen Töne auf dem glänzenden Kebab-Gericht perlten. Yume-chan senkte den Kopf. Wir tranken schweigend Raki.

»Ach ja! Das Katzenfutter!«

Erst jetzt kam ich auf mein sperriges Gepäck zu sprechen, das die Weihnachtsgaben für Yume-chan enthielt. Ich erklärte ihr, dass ich in der Tierhandlung so viel wie möglich eingekauft hatte.

»Ist das dein Ernst? Der ganze Rucksack ist voll?«

»Ja doch.«

»Und die Papiertüte auch?«

»Ja.«

»O weh, entschuldige bitte!«

Ich dachte, Yume-chan würde sich freuen, aber stattdessen schlug sie die Hände vor dem Gesicht zusammen und schaute mich schuldbewusst an.

»Du hattest doch gesagt, du wünschst dir eine große Menge Katzenfutter.«

»Aber solche Riesenmengen habe ich eigentlich nicht gemeint ...«

»Hätte ich eine größere Tasche gehabt, hätte ich noch mehr gekauft.«

»Meinetwegen hast du so viel Geld ausgegeben.«

»Ist schon in Ordnung.«

Das war die Gelegenheit! Vielleicht konnte ich sie jetzt direkt nach den Katzen fragen.

»Ich wollte doch mit dir über etwas sprechen. Unser

Treffen heute war ja eigentlich dazu gedacht, dass ich etwas mehr über den Katzenplan und deine Beziehung zu den Tieren erfahre.«

»Ja.«

Yume-chan trank einen Schluck Raki und atmete ruhig aus.

»Wir können darüber reden ... Aber das Ganze ist sehr persönlich.«

»Äh ... ja.«

»Ginge es an einem anderen Ort? Und würdest du mir etwas versprechen?«

»Ja, was denn?«

»Sprich mit niemandem darüber.«

Das Lächeln verschwand fast völlig aus ihrem Gesicht, und ihr linkes Auge war nun direkt auf mich gerichtet.

»Selbstverständlich«, wollte ich ihr entschieden versichern, aber ich brachte bloß ein Krächzen hervor. Verwundert fragte ich mich, welchen Ort sie meinte. Kurz kamen mir die Love-Hotels mit ihren Neonreklamen im Kabuki-Viertel in den Sinn.

Im Restaurant erklang nun eine weitere schmachtende Ballade. Ich verstand zwar kein Türkisch, aber irgendwie hatte ich das Gefühl, der Song handelte von einer besonderen Nacht.

7

Als wir das Restaurant verließen, mussten wir wieder durch das Gewimmel hindurch. Fast alle Passanten, die an uns vorbeiliefen, schienen betrunken zu sein. Sie redeten ziemlich laut. Yume-chan dämpfte ihre Stimme.

»Es ist ganz in der Nähe unserer Kneipe.«

Kurz vor dem Hanazono-Schrein bogen wir ab und entkamen dem Gedränge, da abseits des Yasukuni-Boulevards viel weniger Leute unterwegs waren. Genau wie das Karinka waren die meisten Kneipen und Bars in Shinjuku Golden Gai sonntags geschlossen, aber so kurz vor Weihnachten war hier natürlich trotzdem einiges los. Die Reklametafeln leuchteten wie üblich.

Yume-chan blieb vor dem baufälligen Love-Hotel gegenüber vom Karinka stehen, dessen Laterne heute nicht leuchtete.

»Hier.«

»Was?«

Ohne weitere Erklärung wies Yume-chan auf eine der oberen Etagen des leer stehenden Gebäudes.

»Aber ...«

Yume-chan schien sofort zu begreifen, was in mir vorging, warum ich so erschrocken reagierte.

»Nein, nicht doch! Wo denkst du hin? Nein, nein, es geht hier nur um die Katzen.«

»Hm, ja. Aber hier kommt man doch gar nicht rein.«

Das Erdgeschoss der Ruine schien komplett von einem Eisengitter umgeben. Doch Yume-chan kannte offenbar einen Weg. Sie gab mir ein Zeichen und lotste mich über den schmalen Pfad entlang des Zauns. Ich folgte ihr, den prall gefüllten Rucksack auf dem Rücken und die Papiertüte in der Hand.

Hinter dem Komplex führte eine noch engere Gasse neben einem Abflussgraben am Zaun vorbei, zur anderen Seite des Pfads verlief eine lange Betonmauer. Es war so dunkel, dass ich kaum etwas erkennen konnte.

Yume-chan holte eine Taschenlampe hervor. Eine Ratte huschte dicht an unseren Füßen vorbei, wohl durch den plötzlichen Lichtstrahl aufgeschreckt. Der Durchgang war so schmal, dass wir hintereinandergehen mussten. Mein Rucksack stieß wechselseitig gegen Zaun und Mauer, schabte rappelnd bei jedem Schritt gegen das eine oder das andere.

Es dauerte nicht lange, bis im Lichtkegel ein Loch im Zaun sichtbar wurde. Hier befand sich also der geheime Eingang zur Ruine.

Yume-chan betrat das Gelände als Erste. Ich setzte den Rucksack ab und reichte ihn ihr durch die Öffnung, bevor ich selbst hindurchschlüpfte.

Im Licht der Taschenlampe ragte die Ruine grell vor

uns auf. Jeder Zentimeter der Fassade war zerbröckelt und mit Graffiti bedeckt. Große Löcher klafften im Gemäuer, aus denen Unkraut herauswucherte.

»Yume-chan, gehst du immer allein hierher?«

»Ja.«

Die Tür war herausgebrochen.

Yume-chan betrat die Ruine, ohne zu zögern. Ich ging hinter ihr die Treppe hinauf. Die Tapeten hingen in Fetzen von den Wänden. Ein starker Modergeruch stach mir in die Nase, und am liebsten hätte ich mein Gesicht mit den Händen bedeckt. Der Lichtkegel strich über eine Treppe, und Yume-chan stapfte zügig hinauf. Ich folgte ihr schweigend.

Wir stiegen zur ersten, zweiten und dritten Etage hinauf. Dort ging Yume-chan den von Zimmertüren gesäumten Korridor entlang. Sie lief bis ans Ende und blieb vor der Tür an der Stirnseite stehen.

»Hier«, flüsterte sie und lenkte den Lichtstrahl darauf.

»Ziemlich gruselig, der Ort«, entgegnete ich.

Ein Miauen ertönte von drinnen. Yume-chan fasste den Knauf und öffnete vorsichtig die Tür.

Durch die große Fensterscheibe hindurch sprang uns eine Galaxie blau, rot und weiß blinkender Sterne entgegen. Direkt unter uns lag das quirlige Shinjuku Golden Gai mit seinen über zweihundert Bars und Kneipen. Links befand sich der große rote Hanazono-Schrein, und auf der rechten Seite ragten Wolkenkratzer in den Himmel.

Yume-chan schaltete die Taschenlampe aus, aber dank

der Lichter von Golden Gai und der Hochhäuser wurde es im Zimmer auch jetzt nicht richtig dunkel. Auf dem Boden kauerten Schatten.

»Ich habe Yama-chan mitgebracht.«

Wie auf ein Signal stürmten die Schatten auf sie zu. Ein zartes Miauen ertönte dann und wann. Ein Schatten kam zu mir und rieb sich an meinem Bein.

Im Raum war es nun etwas heller. Yume-chan hielt eine kleine Laterne mit einer Miniglühbirne hoch, die sie offenbar hier gelagert hatte. Die Gesichter der Katzen waren nun deutlicher zu erkennen.

Da war Hanayo, die Chatora-Katze, Direktor und Boss von den Kijitoras und Coco von den Hachiwares. Außerdem erkannte ich Muku, die einzige Sabatora, die auf dem Katzenplan verzeichnet war. Nun fingen all die bunt gescheckten Tiere an, kräftiger zu miauen, vielleicht interpretierten sie das Licht als Zeichen, dass etwas im Begriff war zu passieren. Es begann leise, wie dünne Fädchen, aber mit der Zeit schwollen ihre Stimmen immer mehr an. Es erinnerte mich an die Geräusche, die der gelegentlich bei mir vorbeistreunende Dorao von sich gegeben hatte, wenn ich ihn mit Trockensardinen gefüttert hatte. Ein um Nahrung bettelndes Maunzen.

»Soll ich das Katzenfutter auspacken?«

»Ich habe noch einen Rest von gestern.«

Yume-chan öffnete eine Schranktür. Miauend klammerten sich die Tiere an ihre Beine. Yume-chan besänftigte die aufgeregten Katzen und stellte drei Schüsseln vor sie auf den Boden, in die sie das Futter verteilte. Mit aufgestellten Schwänzen scharten sich die Tiere zusammen.

»So ist das also«, sagte ich immer noch erstaunt.

Yume-chan betrachtete abwechselnd mich und die gierig fressenden Katzen.

»Das hier war übrigens früher das Büro des Hotelbesitzers.«

Das passte genau, dachte ich mir. Das Zimmer war zu groß für ein einfaches Liebesnest und besaß das erwähnte exklusive Panorama. Unter uns erstreckten sich die Lichter von Golden Gai und erinnerten an die Zeiten der engen Großhändlergassen und Bordelle.

»Der alte Herr war früher Stammgast bei uns im Karinka. Damals war das Hotel noch in Betrieb. Ich bin oft hergekommen, um mit seinen Katzen zu spielen. Ja, mit Drumstick und Sting ... Siehst du unten den Durchschlupf? Da können die Katzen rein und raus.«

Er war mir beim Betreten des Raums nicht aufgefallen, aber als sie mich darauf hinwies, bemerkte ich die viereckige Öffnung unten in der Tür.

»Also gehen die Katzen auch jetzt noch durch das Loch ein und aus?«

»Ja.«

»Aha. Verstehe.«

Die Buckel der fressenden Katzen erbebten kurz, ich hatte wohl etwas zu laut gesprochen und sie erschreckt.

»Sag mal, an dem Abend, als du meinen Boss dazu gebracht hast, mich nicht weiter zu verprügeln ...«

»Ja?«

»Ich wollte mich hinterher bei dir für die ganze Aufregung entschuldigen, aber als ich ins Karinka zurückkam, hieß es, du seist schon weg. Da habe ich draußen nach dir Ausschau gehalten, doch ich konnte dich nicht mehr entdecken. Ich habe aber Toto aus dem Gemäuer hier herausspähen sehen. Er hat in meine Richtung miaut. Warst du etwa an dem Abend auch da?«

»Hm, kann schon sein.«

Yume-chan schien kurz zu überlegen und klappte dann zwei Stühle auf, die sie vors Fenster stellte.

»Ich gehe ja jeden Abend hier vorbei.«

»Jeden Abend?«

Ich war ziemlich baff. Auf die Idee wäre ich nie gekommen, dass Yume-chan und die Katzen ausgerechnet in dieser Ruine, an der ich immer vorbeilief, ihr Refugium hatten.

Ich setzte mich sogleich, aber Yume-chan blieb erst mal noch stehen.

»Nachdem der alte Herr gestorben war und sein Sohn den Laden übernahm, bin ich eine Zeit lang nicht mehr hergekommen. Die Katzen hatte der Sohn vertrieben.«

»Und der Plan der Katzen?«

»Den habe ich schon viel, viel früher gezeichnet.«

»Wann denn?«

Yume-chan verstummte und blickte aus dem Fenster. Sie machte ein nachdenkliches Gesicht, als würde sie überlegen, wo sie beginnen sollte.

Aus den Gassen Golden Gais schallte unentwegt das Gegröle und Gejauchze von Betrunkenen zu uns herauf.

Ein Song tönte aus einer der Kneipen, Pat Boones »White Christmas«.

Und auch die Katzen machten Lärm. *Das reicht nicht. Das reicht nicht. Gib uns mehr!*, schienen sie zu miauen. Inzwischen waren auch Drumstick, der schwarze Kater, und Anego, die rotbraun-schwarz gestreifte Schildpattkatze, ins Zimmer geschlüpft. Drumstick fixierte Yume-chan mit seinen großen bernsteinfarbenen Augen, während Anego imposant durchdringend maunzte. Yume-chan erhob sich, um erneut das Katzenfutter aus dem Schrank zu holen und Nahrung in die Näpfe zu verteilen.

»Als ich nach einer Weile mitbekam, dass die Katzen hier wieder häufiger aufkreuzten, bin auch ich sofort öfter hergekommen. Mittlerweile sind sie fast wie eine Familie für mich.«

Als ich das Wort »Familie« aus ihrem Munde vernahm, wurde mir erneut klar, dass ich nichts über sie wusste.

»Ich hoffe, ich bin nicht zu aufdringlich, aber darf ich dich fragen, wo du wohnst? Lebst du noch bei deinen Eltern?«

»In Ikebukuro.«

Immer noch stehend, schaute sie abermals auf die abendliche Kulisse draußen. Ich bemerkte, dass ihre Schultern sich leicht hoben, als würde sie tief Luft holen.

»Aufgewachsen bin ich … in einem Heim.«

»In einem Heim?«

»Soweit ich zurückdenken kann, bin ich ohne Eltern gewesen.«

Mir war, als raste der Halleysche Komet oder dergleichen über den Himmel von Shinjuku.

»Entschuldige, dass ich danach gefragt habe.«

»Schon gut. Meine Geschichte mit den Katzen ist auch die Geschichte meiner Familie.«

Die Frage nach den Eltern war also ein Fauxpas gewesen. Ich bereute meine Indiskretion. Mit einem Schlag war ich ernüchtert. Beschämt fasste ich mir an die Stirn.

»Meine Großmutter hat die Fürsorge für mich übernommen, aber sie war Alkoholikerin und trank schon tagsüber. Ständig nickte sie weg und nässte sich ein.«

»Sie nässte sich tatsächlich ein?«

»Es war das reinste Chaos bei uns zu Hause. Kein Geld und überall dieser Uringestank. Eines Tages kamen die Leute vom Amt und steckten mich ins Heim.«

»Hm, verstehe.«

Diesmal war ich es, dem die Luft aus der Stimme entwich.

»Im Heim gefiel es mir etwas besser, aber zum Teil war es auch ganz schön hart. Manchmal wurde einem das Essen von anderen Kindern geklaut. Bei den Mahlzeiten musste man immer höllisch aufpassen.«

Wieder fasste ich mir an die Stirn. Die Umgebung, in der sie aufgewachsen war, war also schuld daran, dass sie den Teller beim Essen stets versteckt hielt. Ohne den Grund zu kennen, hatte ich ihr Verhalten als skurril abgestempelt. Ohne darüber nachzudenken, was sie durchgemacht haben könnte.

»Wahrscheinlich kommt es daher, dass ich nicht allzu

vertrauensselig anderen Menschen gegenüber bin. Im Heim bin ich auch manchmal von den Erziehern geschlagen worden. Meine Großmutter hat mir immer wieder versprochen, mit dem Trinken aufzuhören und mich da rauszuholen …«

»Deine Großmutter?«

»Ja, aber dann ist sie einfach gestorben. Es gab nicht einmal eine Trauerfeier.«

An der Stelle stieß Yume-chan unerwartet ein schrilles Lachen aus.

Ich senkte meinen Blick auf die Knie von Yume-chan, die immer noch neben mir stand.

»Es gab schon ein paar nette Kinder im Heim, aber die meisten waren unausstehlich. Deshalb bin ich oft sehr wortkarg anderen gegenüber und kann nicht immer richtig einschätzen, was normal ist. Mit Katzen fühle ich mich wohler als mit Menschen.«

Das konnte ich gut nachvollziehen.

»Irgendwann habe ich einen streunenden Kater bei mir aufgenommen. Die Aufpasser im Heim fanden das zwar nicht so toll, aber davon habe ich mich nicht abhalten lassen. Er hieß Miru-chan.«

»Miru-chan.«

»Ja, Miru-chan. Er hatte wunderschöne Augen. Nachts funkelten sie wie Topas. Er sah mich an, und ich wusste, dass er sich erkundigen wollte, wie mein Tag gewesen war. Und ich habe ihm dann davon erzählt. Ich habe fest daran geglaubt, dass wir uns unterhalten können. Seitdem fühle ich mich mit jeder Katze verbunden, der ich begegne. Sobald ich eine Katze erblicke, spreche ich sie an und zeichne ein Bild von ihr.«

»Gibst du ihnen auch die Spitznamen?«

»Ja.«

»Wie kommst du denn auf die Namen?«

»Na ja ...«

Yume-chan senkte den Blick.

»Einige leiten sich von den Namen der Gäste im Karinka ab.«

Yume-chan kicherte, immer noch den Blick gesenkt.

»Andere taufe ich einfach so. Mametarō zum Beispiel, weil er so klein ist wie eine winzige Mame-Bohne.«

Vor meinem inneren Auge erschien das Bild des hellbraun getigerten Chatora-Kätzchens, wie es die Zunge schräg herausstreckte.

Nach und nach legten sich die satten Katzen zu unseren Füßen nieder. Yume-chan beugte sich vor, um sie zu kraulen. Sie schnurrten behaglich.

»Muku ist schwanger, glaube ich.«

»Echt?«

»Ich denke schon. Erst habe ich mich gewundert, es ist gar nicht die Jahreszeit. Aber wenn sie tatsächlich Junge bekommt, weiß ich, wer der Vater ist.«

Muku schien zu begreifen, dass von ihr die Rede war, denn sie kniff die Augen zusammen und rieb sich an Yume-chans Beinen. Tatsächlich war ihr Bauch runder als der der anderen Tiere.

»Der Katzenplan ist also ein Bild meiner Katzenfamilie, wenn du so willst.«

»Hm, verstehe.«

»Auch wenn einige Katzen gar nicht mehr hier aufkreuzen, gehören sie nach wie vor dazu.«

Der Katzenplan hing vermutlich gerade wie immer am Kühlschrank in der dunklen Kneipe. Was hätte ich darum gegeben, ihn jetzt vor mir zu sehen.

Yume-chan ließ von den Katzen ab.

»Sag mal …«

»Hm?«

»Was glaubst du, wohin die Katzen wohl verschwunden sind, die nicht mehr kommen?«

»Wir sind in Shinjuku. Da verschwinden Menschen und auch Katzen.«

Mir war schon vorher aufgefallen, dass es auf dem Katzenplan einige Exemplare gab, die ich noch nie zu Gesicht bekommen hatte. Sting mit dem schwarzen Fell, Daijirō mit dem hellbraunen, die Schildpattkatze Rūko und die dreifarbige Mike-Katze namens Eri.

»Es gibt unter den verschwundenen Katzen eine, die mir besonders fehlt.«

Es dauerte einen Moment, bis ich antwortete. Sie nahm nun neben mir Platz.

»Welche denn?«

»Shōta, ein Hachiware-Kater.«

»Ist er der Bruder von Toto und Coco?«

»Ich glaube nicht. Er war viel jünger und unglaublich hübsch.«

»Ah, er war hübsch.«

Zu meinen Füßen leckte Coco sich gerade das Fell

sauber. Als ich seinen Kopf streichelte, schnurrte er und rekelte sich auf dem Rücken.

»Sie sind sehr zahm. Wahrscheinlich deshalb, weil du dich so gut um sie gekümmert hast.«

»Das mag schon sein … Aber gerade deshalb macht mir eine Sorge zu schaffen. Ich bin mir sicher, dass dieses Gebäude irgendwann abgerissen wird. Was soll dann werden?«

»Es sind so viele Katzen, du wirst sie wohl kaum im Karinka unterbringen können.«

»Manche Leute würden sich sogar schon darüber aufregen, dass ich ihnen Futter gebe.«

»Es wird ja immer wieder gesagt, dass man streunende Katzen nicht füttern soll. Gerade, wenn es so viele sind …«

»Ja schon, aber ich konnte sie damals einfach nicht im Stich lassen.«

Yume-chan schwieg für eine Weile. Während sie die Katzen im Nacken kraulte, blickte sie ab und zu auf die nächtliche Kulisse von Shinjuku hinaus.

Yume-chans Leben selbst war im Plan der Katzen verborgen. Dass es so heftig verlaufen war, hätte ich nicht gedacht. Auch wenn mein Wunsch nicht purem Eigennutz entsprang, unter diesen Umständen erschien es mir nun taktlos, über mein Vorhaben zu sprechen, aus ihrer Geschichte einen Fernsehfilm zu machen.

»Darf ich dir etwas sagen?«, wandte sich Yume-chan nun mit zurückhaltendem Tonfall an mich. Vielleicht hatte sie mir irgendetwas angemerkt. Doch mit dem, was nun folgte, hatte ich ganz und gar nicht gerechnet.

»Das mit den Katzen wird noch Schwierigkeiten geben … Aber weißt du, Yama-chan, ich muss es dir einfach sagen: Bevor das hier alles kaputtgeht, wirst du kaputtgehen.«

»Wie bitte?«

Ein heißer Schwall Gedanken schoss mir durch den Kopf.

»Weißt du, Yama-chan, du wirkst immer irgendwie erschöpft.«

»Tja, kann sein.«

»Ich glaube, das ist, weil du etwas tust, was dir gar nicht liegt.«

»Ach, das weiß ich selbst.«

»Du hast doch mal erzählt, dass in einem Meeting ganze neunundvierzig deiner Quizfragen abgelehnt wurden.«

»Das stimmt.«

Ich zog die Nase kraus und lachte gezwungen. Was geht sie das eigentlich an, dachte ich.

»Ich passe eben nicht ins Raster.«

»Aber ich habe vor einiger Zeit mal mitbekommen, wie du erwähntest, was du für eine passende Beschreibung einer unglückseligen Phase hieltest.«

Ich erinnerte mich dunkel, dass ich mit Geta-Rocker oder jemand anderem darüber gesprochen hatte.

»Du sagtest, das wäre der Fall, wenn man für etwas ausgewählt wird, obwohl man nicht ausgewählt ist.«

»Ja, das stimmt.«

»Mich hat das fast zum Weinen gebracht. Dieser Satz

ist so vollkommen wahr, habe ich gedacht. Eine kluge Bemerkung, die aber nichts in einem Quiz verloren hat. Ich glaube, dass du dich anderen Dingen widmen solltest, für die du besser geeignet bist.«

Ich wusste nicht, was ich darauf erwidern sollte, und flüsterte: »Danke.«

Aber Yume-chan war mit ihrer Rede noch nicht am Ende.

»Ist es nicht so, dass du dich an die breite Masse richtest und Dinge tust, die du gar nicht willst?«

»Das mag sein. Aber Programme in Rundfunk und Fernsehen richten sich nun mal an die breite Masse. Ich bin gezwungen, all die Zuschauer in den Wohnzimmern Japans zu bedienen.«

»Aber wo findet man denn diese breite Masse?«

»Hm ... Na ja ...«

Ich musste an die überfüllte Station am Bahnhof Shinjuku denken. An die vielen Köpfe, die dort unterwegs waren. Das waren zweifellos Menschenmassen.

»Und gibt es überhaupt so etwas wie die breite Masse? Wenn du dich an eine scheinbare Mehrheit richtest, von der du gar nicht weißt, ob sie existiert, dann hast du am Ende gar nichts zu sagen. Und das ist es, was dich so erschöpft, oder?«

»Hm ...«

»Entschuldigung, ich wollte dir nicht zu nahe treten.« Yume-chan senkte den Kopf.

»Nein, schon gut. Ich danke dir. Wahrscheinlich hast du recht.«

Trotz meiner Antwort hatte ich das Gefühl, ein Loch fiele vom Abendhimmel und ich stürzte hinein. Ich öffnete den Mund, um etwas hinzuzufügen, aber mir fiel nichts Gescheites ein.

»Ich glaube, du solltest Dichter werden.«

»Dichter?«

»Ja. Deine Worte besitzen manchmal Leuchtkraft. Sie teilen den Menschen etwas mit.«

»Den Menschen?«

»Mir.«

Ich war im Begriff, mich zu verlieben.

Nein, ich hatte mich längst in Yume-chan verliebt, daran bestand kein Zweifel.

Sollte ich jetzt aufstehen? Ich war so unentschlossen, dass es mich fast zerriss. Wenn ich jetzt zu ihr ginge und meinen Arm um sie legte, damit wir uns tief in die Augen blicken konnten, würde dadurch zwangsläufig eine neue Phase für uns beginnen. Doch vielleicht bildete ich mir nur ein, dass da etwas zwischen uns war. Worum es Yume-chan hier ging, war mein Lebensstil und die Art und Weise, wie ich die Welt wahrnahm.

Es war Yume-chan, die sich schließlich erhob. Sie ließ von den Katzen ab und schob das Fenster auf. Ein kalter Winterwind wehte ins Zimmer. Die Stimmen der Betrunkenen und die Musik aus den Bars, begleitet vom Miauen der Katzen, waren nun eine klar umrissene Geräuschkulisse, die ich beinahe auf meiner Haut spüren konnte.

»Ich schreibe übrigens auch manchmal Gedichte.«

»Gedichte? Richtige Poesie?«

»Genau. Es ist mir zwar ein wenig peinlich, aber wenn du möchtest, könnte ich dir eins vorlesen.«

»Ja, na klar.«

Damit hatte ich nicht gerechnet. Schon wieder eine neue Seite an ihr. Bisher hatte ich nur von Yume-chans Zeichnungen gewusst, deshalb war ich so überrascht von ihrem Geständnis, dass sie auch Gedichte schrieb. Jedoch holte sie nun tatsächlich ein Notizheft aus ihrer Stofftasche, die am Boden lag. Sie blätterte durch die Seiten.

»Vielleicht das hier?«

Das Heft vor sich haltend, schickte Yume-chan mir ein augenzwinkerndes Lächeln.

Dann wies sie mit einer langsamen Handbewegung auf Coco, der neben ihr hockte.

»Coco.«

Miauend reckte der Kater den Schwanz, als wüsste er, dass es um ihn ging.

»Ich werde das Gedicht über dich vorlesen.«

Ich schaute auf Yume-chans Lippen. Eine Windbö blies die Haarsträhnen, die sich aus ihrem Pferdeschwarz gelöst hatten, über ihre Wangen.

Coco

Dort, wo ich die Gassen durchstreife,
Blüht Löwenzahn.
Ich schleiche mich heran und schnuppere.
Ein neuer Duft, Löwenzahn – ein Wort.
Nur einmal.

Dort, wo ich die Gassen durchstreife,
Ein Ritterfalter auf der Ziegelmauer.
Wenn ich mich heranschleiche, flattert er auf.
Schatten am Himmel, Schatten auf der Erde.
Der Schatten gleitet über mich hinweg.
Nur einmal.

Dort, wo ich die Gassen durchstreife,
Singen die Sterne am Himmel.
Wenn ich mich heranschleiche, kommt auch der Nachthimmel näher.
Und eine Sternschnuppe fliegt.
Sie fliegt für mich.
Nur einmal.

Nachdem Yume-chan zu Ende vorgelesen hatte, klappte sie das Notizbuch zu. Ihre Stimme hatte wie üblich etwas holprig geklungen, aber die Wortfolge war sehr originell. Ich hatte es verpasst, ihr Applaus zu spenden, legte jedoch die Hände vor der Brust zusammen.

»Ich habe es mal Coco vorgelesen. Aber heute ist es das erste Mal, dass mir ein Mensch zugehört hat.«

»Hm.«

Es war ein anderes Gefühl, als das, das ich beim ersten Anblick des Katzenplans empfunden hatte. Aber ebenso berauschend. Das Gedicht hatte mein Herz berührt, es erschüttert. Außerdem war es heiter. Es schien, als drängte aus ihm eine neue Welt hervor in den schummrigen Raum, in dem wir uns befanden.

»Vielen Dank, Yume-chan.«

»Hm.«

»Also ... ich finde das Gedicht toll. Es lässt eine unbekannte Welt entstehen. Danke.«

Yume-chan lächelte leicht verlegen und legte den Kopf schräg.

»Hast du denn nie Gedichte geschrieben?«

»Ach, ich weiß nicht mehr ...«

In meiner Kindheit. Da hatte ich nachts, wenn meine Eltern bereits zu Bett gegangen waren, regelrechte Schreibanfälle bekommen. Auch in der Oberschulzeit hatte ich Assoziationsketten notiert. Keine Ahnung, ob man das als Gedichteschreiben bezeichnen konnte.

»Du hast tatsächlich welche geschrieben, oder?«

Ich musste sie ziemlich verdutzt angeschaut haben. Yume-chan schmunzelte nämlich.

»Wir könnten doch gemeinsam Gedichte schreiben.«

»Wie? Du und ich?«

»Ich glaube, du solltest nicht für die breite Masse schreiben. Du erschaffst Worte, die das Herz eines Einzelnen erreichen.«

»Quatsch, ich und Gedichte!«

Jetzt traute ich mich, auch auf die Gefahr hin, dass es schiefginge, ihr von meinem eigentlichen Vorhaben zu erzählen.

»Äh, wie soll ich sagen ... Eigentlich habe ich den starken Wunsch, ein Drehbuch für einen Spielfilm zu schreiben, der von dem Plan der Katzen handelt. Deshalb wollte ich von dir wissen, wieso du die Katzen gezeichnet hast.

Ich hatte so eine Vorahnung, dass da mehr dahintersteckt. Doch nun, wo ich deine Geschichte gehört habe, weiß ich, dass ich dieses Drehbuch nicht schreiben kann, ohne deine Kindheit im Heim zu erwähnen und die Ruine hier, wo du Zeit mit den Katzen verbringst. Sonst würde der Film deiner Geschichte nicht gerecht.«

»Ja.«

»Ich habe dir doch aber eben versprochen, niemandem davon zu erzählen, was du mir anvertraut hast. Also kann ich nicht darüber schreiben. Das bringt mich völlig aus dem Konzept. Aber ich bin sehr froh, dass du dich mir anvertraut hast ...«

»Wenn es für deine Arbeit wirklich wichtig ist, kannst du das alles erwähnen.«

Damit verstaute Yume-chan ihr Notizbuch in der Stofftasche und holte stattdessen ein längliches Päckchen hervor. Es war mit einem roten Geschenkband versehen.

»Hier, Yama-chan. Das ist mein Weihnachtsgeschenk für dich.«

»Echt? Für mich?«

»Nichts Großartiges.«

Als ich das Band aufknüpfte und das Päckchen auswickelte, kam eine Schachtel zum Vorschein. Ich öffnete sie. Darin befand sich ein knallblauer Füllfederhalter.

»Oh, ein Füller! Und noch dazu in einer so tollen Farbe!«

»Hier in der Nähe gibt es eine Manufaktur, in der die Füller hergestellt werden. Ich benutze auch so einen, wenn ich Gedichte schreibe.«

»Danke. Aber du hättest meinetwegen nicht so viel ausgeben sollen.«

»Ach, so wertvoll ist der Füller nicht.«

»Ich glaube, ich habe noch nie zuvor einen Füller benutzt.«

Ich nahm den Stift aus der Schachtel und klemmte ihn zwischen Daumen, Zeige- und Mittelfinger.

»Meine Manuskripte für die Fernsehsendungen schreibe ich normalerweise mit Bleistift, da ich ständig umformuliere. Und die Quizfragen mit einem Filzschreiber. Es gibt kaum Leute, die einen Füllfederhalter benutzen.«

»Dramen, Gedichte, Wortketten – was immer dir einfällt ... Schreib ganz viel auf mit dem Füller.«

»Ja. Ich danke dir wirklich sehr.«

Es muss jetzt passieren, dachte ich. Ich sollte sie einfach umarmen und ihr tief in die Augen schauen.

»So, Yama-chan. Lass uns nach Hause gehen.«

»Äh? ... Nach Hause?«

»Na ja, wenn wir nicht zum Bahnhof gehen, werden wir den letzten Zug verpassen.«

Es würde mir nichts ausmachen, den Zug zu verpassen, dachte ich. Aber die Stimmung veränderte sich, Yume-chan hatte sich von mir abgewandt und kraulte wieder die Katzen. Ich atmete tief durch, um meine aufwallenden Gefühle in Schach zu halten. Dann nahm ich die Dosen mit Katzenfutter aus dem Rucksack und der Tragetasche und stapelte sie im Regal.

8

Am nächsten Tag wurde ich mittags von Nagasawa zusammengestaucht. Und weil ich ihm nicht verriet, weshalb ich das Meeting geschwänzt hatte, wurde er immer wütender. In der Agentur wusste man über meinen Dienstplan Bescheid. Eine Ausrede wie: »Es war wegen Akebono TV«, hätte also nicht funktioniert. Wenn, dann hätte ich behaupten müssen, dass es mir nicht gut gegangen sei oder ich Fieber gehabt hätte, aber ich wollte keine Ausreden erfinden, um das Treffen mit Yume-chan zu entschuldigen. Das wäre einer Lüge gleichgekommen. So etwas war für mich inakzeptabel, also erklärte ich mich nicht und musste den Anschiss eben hinnehmen.

Für Nagasawa stand das Programm-Meeting an oberster Stelle. Sowohl um das laufende Programm zu aktualisieren als auch um zukünftige Sendungen zu entwerfen, waren ständig neue Ideen gefragt. Anfänger unter den Programmgestaltern wie ich waren dazu angehalten, für jedes Konzept, das bei einem Meeting zur Sprache kam, weitere Ideen zu entwickeln. Daher wurde eine Abwesenheit bei der Besprechung als eine Abweichung von den Richtlinien der Agentur und als Rebellion gegen Nagasawa aufgefasst.

»Du willst also damit sagen, du warst nicht krank, sondern hast das Meeting versäumt, weil du einfach mal blaumachen wolltest, ja?«

»Das stimmt nicht. Es gab einen triftigen Grund, weshalb ich nicht kommen konnte.«

»Ja, aber was war denn der gottverdammte Grund?«

Nagasawa schlug mit der Faust auf den Tisch. Herr Mori und die anderen Mitarbeiter, die im selben Raum Manuskripte verfassten, schielten zu uns herüber.

»Es tut mir leid.«

Ich verneigte mich mehrfach. Entschuldigte mich wieder und wieder. Nagasawa war sichtlich ungehalten, er stieß Luft aus und wandte den Kopf Richtung Decke. Seine Augen füllten sich mit Tränen. Das passierte ihm häufig, wenn seine Emotionen ihn überwältigten.

»Verstehe. Das wird Konsequenzen haben.«

»Ja.«

»Im Moment ist hier die Hölle los. Wir brauchen einen Haufen Beispielfragen für das Schulquiz bei TV Akasaka.«

Die Sendung sollte ab dem nächsten Jahr ausgestrahlt werden. In diesem Format moderierte ein beliebter Stand-up-Comedian ein Quiz, bei dem Unterhaltungskünstler auf dem Podium saßen und Fragen, die aus Aufnahmeprüfungen für Schulen abgeleitet waren, beantworteten. TV Akasaka beabsichtigte, der Sendung mit einer großen Extraausgabe im Frühjahr den nötigen Schwung zu verleihen, um sie danach als Highlight zur regulären Hauptsendezeit an den Start zu bringen.

»Jedenfalls ist es mit dem Format aus und vorbei, wenn gleich das erste Special den Bach runtergeht. Ich brauche also richtig viele spannende Quizfragen. Schaffst du fünfhundert bis Ende des Jahres?«

»Fünfhundert?«

Er hatte gut reden – bis Silvester waren es nicht mal mehr zehn Tage. Außerdem hatte ich noch einen Haufen andere Arbeit zu erledigen, es war also kaum hinzukriegen. Ich konnte mich jedoch unmöglich weigern.

»Ja.«

»Tja, zuletzt war deine Quote an gelungenen Quizfragen ja nicht sonderlich hoch. Und jetzt komme ich und will, dass du auf die Schnelle fünfhundert Fragen produzierst ... Aber du musst ja nicht bei null anfangen. Geh in eine Buchhandlung, und besorg dir die Fragenkataloge für die Schulaufnahmetests. So viele wie möglich. Damit kannst du dir jede Menge Mühe sparen. Du brauchst dann nur die interessanten Fragen herauszufischen und sie ein wenig abzuwandeln.«

»Ja.«

»Ach, da fällt mir ein, ich hatte euch allen ja noch eine Hausaufgabe erteilt: die Musikshow auf TV Akebonobashi. Na, was hast du mir da zu bieten?«

»Oh ...«, rutschte es mir heraus.

Das hatte ich völlig vergessen. Auch diese Show sollte ab nächstem Frühjahr zur Hauptsendezeit im Fernsehen laufen. TV Akebonobashi hatte die japanische Rockszene im Fokus, die in letzter Zeit einen rapiden Zuwachs an Fans verzeichnen konnte. Die Idee war, jedes Mal eine Reihe populärer Rockbands einzuladen, damit sie ihre Hits vorspielen konnten, und außerdem Schlagermusiker auftreten zu lassen, um die Fans beider Genres einzubeziehen. Aber wie man es auch drehte und wendete, Rock und Schlager waren wie Wasser und Öl. Sie ließen sich nicht vermischen. Der Produzent hatte Nagasawa dennoch angefleht: »Ich bitte euch! Macht mir eine geniale Sendung, die Rock und Schlager unter einen Hut bringt.«

Den Auftrag hatte Nagasawa uns auf dem vorletzten Meeting weitergegeben.

»Und? Wie sieht's aus? Es ist ja schon ein Weilchen her, dass wir darüber gesprochen haben. Dir ist doch in der Zwischenzeit bestimmt der eine oder andere Einfall gekommen, oder?«

»Hm ...«

Ich senkte den Kopf. Nagasawa schwieg und begann, unter dem Tisch mit den Beinen zu wippen. Es schepperte, offenbar war er mit dem Knie irgendwo angestoßen.

»Wird's bald?«

»Hm ... äh ... Ich wage es mal, meine Meinung zu äußern. Ich finde, dass der Ansatz nicht ganz stimmt. Es reicht doch völlig aus, nur die populären Rockbands einzuladen, um eine Sechzig-Minuten-Sendung zu füllen. Wem ist damit gedient, wenn wir gewaltsam Schlager in das Format hineinpferchen?«

Ich konnte sehen, dass wieder Tränen in Nagasawas Augen standen. Er schwieg kurz verbittert, dann flog der Plastik-Stifthalter durch die Luft. Ich versuchte, ihm auszuweichen, aber er traf meine Schulter. Klirrend landeten Kugelschreiber und Bleistifte überall auf dem Boden.

»Seit wann bist du Produzent? ›Ich finde, dass der Ansatz nicht ganz stimmt!‹ Ich glaub's nicht! Wann kapierst du endlich mal, wie diese Branche funktioniert? Eine Musikshow wird von Künstleragenturen eingekauft. Wir können auf die Schlagersänger keinesfalls verzichten.«

Jeder Mitarbeiter im Raum hielt in seinen Tätigkeiten inne. Alle starrten zu uns herüber. Der Hüne Mori erhob sich.

»Nagasawa-san, was ist denn los?«

»Dieser Blödmann will es einfach nicht begreifen!«, schrie Nagasawa nun Mori an, der offenbar die Situation zu deeskalieren versuchte.

»Es ist unsere Aufgabe, uns den Kopf zu zerbrechen, wenn wir dazu beauftragt sind, egal, wie unsinnig eine Idee sein mag. Dafür kriegst du Geld, du Knalltüte! Kapiert?«

»Ja«, erwiderte ich mit zittriger Stimme.

»Und woher kommt das Geld?«

»Von Ihnen ... äh, nein ... vom Sender.«

»Falsch! Es sind die Sponsoren, die den Sender finanzieren. Und es sind die Zuschauer, die die Sponsoren finanzieren. All die Leute, die sich im ganzen Land in ihren Wohnzimmern aufs Fernsehen freuen. Ich schufte mich seit Jahren tot, um für dieses Publikum ein passables Programm auf die Beine zu stellen.«

Seine Stimme fing an zu beben.

»Ich beiße die Zähne zusammen und produziere Ideen, auch wenn der alte Saufkopf von Direktor mich immer wieder fertigmacht, weil ich nicht studiert habe. Und dann kommst du daher und redest von Ansätzen, die nicht ganz stimmen? Kapierst du, worum es hier geht?«

Ich nickte wortlos.

»Ich glaube, dass du gar kein Interesse mehr hast an dem, was wir hier machen. Du willst ja unbedingt dein Drehbuch für einen Fernsehfilm schreiben. Dann solltest du dich aber auch an einen Drehbuchautor wenden. Das hier ist immer noch eine Agentur für Fernsehshows.«

Mori sammelte die am Boden verstreuten Stifte ein. Unsere Blicke trafen sich kurz, während ich die Augen noch gesenkt hielt. Sein Blick schien zu sagen, dass ich mich besser verziehen solle.

»Es tut mir leid.«

Mit einer knappen Verbeugung verabschiedete ich mich.

»Fünfhundert Fragen. Lass dir was einfallen!«, schrie Nagasawa mir nach, während ich den Rückzug antrat.

Um mir eine Auswahl an Fragensammlungen für Schuleignungstests zu besorgen, hielt ich es für das Beste, eine große Buchhandlung in Shinjuku aufzusuchen. Von Yoyogi kommend, lief ich parallel zur Eisenbahnstrecke, immer noch Nagasawas wütende Stimme im Ohr.

Ich hatte ohnehin alle Hände voll zu tun, und jetzt kamen noch die fünfhundert Fragen dazu. Ich war gestresst. Außerdem hatte Nagasawa so geklungen, als wäre er quasi kurz davor, mich zu entlassen. Dann müsste ich wieder Nachhilfeunterricht geben oder als Barkeeper arbeiten, um mich über Wasser zu halten.

Trotzdem hatte ich das Gefühl, dass die Welt es nicht nur übel mit mir meinte. Mir zum Trost war der Himmel endlos blau. Ein typischer Tokioter Winterhimmel. Heiter und extrem hoch. Dieses satte Azurblau erinnerte mich an die Farbe des Füllfederhalters, den ich von Yume-chan bekommen hatte.

Was würde ich mit diesem Füller schreiben?

Allein bei dem Gedanken daran, den Stift zu benutzen, schimmerte ein schwaches Licht in meinem Herzen auf. Das war eine Aussicht, auf die mich freute. Ich fürchtete zwar, wegen der zu bewältigenden fünfhundert Fragen Neujahr hirntot zu sein, aber danach konnte ich mit dem Füller schreiben, was ich wollte. Die Tinte sollte ebenfalls blau sein. Sobald ich blaue Zeichen in die Kästchen meines Manuskriptpapiers schrieb, würde sich mir ganz automatisch ein neuer Weg eröffnen.

Und da war noch etwas: Ich musste immer wieder daran denken, wie ich an dem Morgen nach dem Treffen mit Yume-chan erwacht war.

Ich hatte geträumt.

Ich lief durch eine Gasse in Shinjuku. Mein Gesicht war ganz dicht an der Straße. Ich sah ein Grasbüschel, das aus dem Asphalt wucherte, und roch daran. Daneben schwankte ein Löwenzahn. Die kleinen gelben Blütenblätter strahlten. Ich schnupperte auch an dem Löwenzahn.

Die vielen Menschen, die an mir vorbeiströmten, wirkten alle ziemlich groß. Ich musste den Kopf recken, um zu ihnen aufzuschauen. Hoch über ihnen schwirrten Vögel. Und Schmetterlinge, die Schatten warfen. Als Schatten überquerten sie die Gasse. Als Schatten zogen sie an mir vorbei. Als die Sonne langsam unterging und es dunkel wurde, war der Nachthimmel zwischen den Gebäudemauern sichtbar. Erst ein Stern, dann zwei, dann drei. Während ich nach oben starrte, zog eine Sternschnuppe über das Firmament. Für einen winzigen Augenblick blieb eine bogenförmige Lichtspur zurück. Die Welt war voller Wispern.

Was wollten mir diese Stimmen zuflüstern?

Mit diesem Gedanken war ich erwacht. Ich war kein menschliches Wesen in dem Traum gewesen. Ich war Coco, wie sie in Yume-chans Gedicht auftrat. Über den Asphalt laufend, nahm ich die Welt aus Cocos Perspektive wahr.

Während ich in Richtung Shinjuku ging, schaute ich mit dem Gefühl zum Himmel empor, ich sei wieder zur Katze geworden. Ich lief eine unsichtbare Gasse entlang. Am Anfang war Nagasawas lautes Fluchen ertönt. Am Ende erwartete mich ein himmelblauer Füller. Ich schritt voran, nach Worten suchend.

In einer großen Buchhandlung in Shinjuku kaufte ich drei Bände mit Prüfungsfragen für Schuleignungstests. Da Nagasawa mir empfohlen hatte, mich mit so viel Material wie möglich einzudecken, hätte ich vielleicht richtig zuschlagen sollen. Aber ich hatte keine Lust darauf. Als ich durch die Seiten blätterte, merkte ich, dass mich die Fragen nicht im Geringsten interessierten.

Nachdem ich die drei Bände erstanden hatte, ging ich in die Schreibwarenabteilung, um mir Patronen für den Füller zu kaufen. Ich wählte die königsblauen. Und schließlich lief ich in die Richtung, in die mein Herz mich trug. Es war eine Abteilung mit dem Hinweisschild »Gedichte/Lyrik, Tanka, Haiku«. Ich wollte mal nachschauen, welche Gedichtbände dort aufgereiht waren.

Zuerst fiel mir eine Literaturzeitschrift über Lyrik auf. Ich überflog ein paar Seiten. Werkproben von mir unbekannten Autoren waren darin abgedruckt. Einige Gedichte ergaben für mich einen Sinn, andere Verse, die mir ins Auge sprangen, machten mich hingegen eher ratlos, wie zum Beispiel: »Im Kopfstand, den Mund voller Eisensand, denke ich mir Kosenamen aus für einhundert Pferde, die wild in deinem Körper galoppieren.« Oder: »Das lallende Puffen in deinem Köpfchen – lala lala puff puff puff.«

Ich fand diese Art von Lyrik durchaus witzig, doch der Sinn entzog sich meinem Verständnis. Für die Redakteure war es bestimmt eine Tortur, dieses Zeug rund um die Uhr lesen zu müssen.

Ich sollte es wohl besser mit dem Werk eines sogar

mir bekannten Dichters versuchen. Daher griff ich nach *Frühling und Asura* von Kenji Miyazawa. In der Oberschule hatte ich eine Kindergeschichte von ihm gelesen, die von einer Reise durchs Weltall handelte. Sie hatte mich sehr berührt. Ich mochte auch seine anderen Märchen »Das Restaurant mit den vielen Bestellungen« und »Das Leben des Boudori Guskō«. In der Sekundarstufe II hatten wir auch sein Gedicht »Morgen des letzten Abschieds« im Japanischunterricht gelesen. Ich erinnere mich, dass unser damaliger Lehrer, derselbe, der Shinjuku Golden Gai als Ausgehviertel empfohlen hatte, es so interpretierte: »Dieses Gedicht hat Kenji offenbar geschrieben, um die Trauer um seine verstorbene Schwester für immer festzuhalten, wie in einem Kristall. Deshalb ist es so transparent.« Solch ein Gedicht konnte ich nachvollziehen.

Im Gegensatz dazu empfand ich jedoch das Gedicht »Frühling und Asura«, das ich mir nun vornahm, schwer zugänglich. Ich kann es nur so formulieren: Verständliche Passagen kapierte ich, unverständliche blieben mir verschlossen. Dieses Gedicht war so vertrackt ... Ich konnte kaum glauben, dass es aus der Feder desselben Autors stammte, der die zugänglichen Märchen geschrieben hatte. Rücksichtslos erwähnte er chemische Begriffe und Namen von Mineralien, die niemand kannte. Ob Kenji überhaupt an seine Leser gedacht hatte? Oder spielte es für ihn überhaupt keine Rolle, ob sie seine Texte begriffen?

Etwas ratlos zog ich als Nächstes eine Gedichtsammlung von Hagiwara Sakutarō aus dem Regal. Ich las ein paar Seiten und fühlte ein lästiges Kratzen im Hals wie eine Sardinengräte. »Die Katzen« zum Beispiel war urkomisch, aber dennoch empfand ich eine gewisse Distanz beim Lesen seiner Verse. Und diese gewisse Distanz erschien mir auf einmal gewaltig. Vielleicht war es auch bloß das Unbehagen, das mich befiel, da ich in einem Buchladen stand und las. Vielleicht tangierte mich der Dichter ja, wenn ich einen Band von ihm mit nach Hause nehmen und ganz in Ruhe darin lesen würde.

Danach schaute ich mir Mitsuharu Kaneko an. Von ihm hatte ich mal einen Bericht über eine Reise durch Malaysia und Niederländisch-Indien gelesen. Das Buch, das den Essay enthielt, hatte ich zufällig aus einem Regal in einem Café nahe der Uni herausgefischt. Ich kannte nicht alle Schriftzeichen darin, aber der Text war reizvoll, und ich hatte ihn begeistert gelesen. Aber diese Gedichtsammlung hier versperrte sich mir. Es kamen völlig unverständliche Wortsequenzen vor. Da gab es eine lyrische Beschreibung der Liebe, bei der es darum ging, wie jemand einen verwesenden Leichnam ausgrub und in die Arme nahm. Ich konnte das kaum nachvollziehen, erahnte zwar, dass mehr dahintersteckte, konnte mir aber vorerst keinen Reim darauf machen.

In einem Band von Kōtaro Takamura blätterte ich ebenfalls. Jedes seiner Gedichte war kraftvoll und überzeugend im Ausdruck. »Chieko und andere Gedichte« drang eher in mein Herz als in meinen Kopf, ich konnte den schwarzen Teer, der an der Unterseite der hier zum Ausdruck gebrachten Leidenschaft klebte, erkennen. Auch seine Gedichte über Kühe, Elefanten und Straußenvögel gefielen mir. Jedoch fand ich sie zu lang.

Shinpei Kusano mochte ich sehr. Vor allem die Gedichte, in denen immer wieder Frösche auftraten. Es waren leicht verständliche Verse in einfacher Sprache. Sie wirkten jedoch nicht oberflächlich, sondern schienen mir den unaussprechlichen Kummer eines jeden lebenden Wesens aus dem Blickwinkel eines Frosches zu beschreiben.

Ich sichtete noch andere berühmte japanische Lyriker. Manche berührten mich, andere ließen mich kalt. Es gab Verse, die mich in den Bann zogen, während andere, selbst wenn sie nur wenige Zeilen lang waren, überhaupt nicht bei mir hängen blieben.

Ich hielt nach internationaler Lyrik Ausschau und griff nach einem Band von Arthur Rimbaud, dessen Name mir aus der Fernsehwerbung eines Spirituosenherstellers geläufig war.

Die Übersetzung stammte von Daigaku Horiguchi. Ich versuchte mich an einem langen Gedicht mit dem Titel »Das trunkene Schiff«. Ehrlich gesagt kapierte ich kaum, worum es ging, nur dass bei westlicher Lyrik offenbar der Reim von großer Bedeutung war. Ich wusste, dass Rimbaud eine Menge Drogen und Alkohol konsumiert hatte, und nahm an, er habe das Gedicht wohl in einem seiner überfliegenden Rauschzustände zu Papier gebracht. Ich störte mich an der Übersetzung von Daigaku Horiguchi, die im klassischen Japanisch abgefasst war. Mag sein, dass manchen Zeitgenossen dieser prätentiöse Stil gefiel, aber einem simpler gestrickten Menschen wie mir stellte sich das Altjapanisch als unüberwindbare Hürde dar.

Und was war mit García Lorca? Ich las ein paar Seiten in einem Band von ihm und stellte ihn wieder ins Regal zurück. Ich befand, ich könne ihn nicht lesen, ohne das Europa zu Lorcas Lebzeiten zu kennen. Mir fehlte das nötige Wissen, um mir ein Bild zu machen.

Auch Lyrikerinnen kamen mir in den Sinn. Ich zog Emily Dickinson aus dem Regal. Ausschließlich kurze Gedichte. Keine kryptischen Phrasen. Ihre eigenwilligen Ausdrücke ließen für mein Empfinden ihre Werke vielfältig erstrahlen. Ich fühlte mich stark zu ihr hingezogen. Die Art, wie sie den Sonnenuntergang über den Feldern von Massachusetts schilderte, hatte etwas Feminines – Stoffe und Edelsteine dienten ihr für die Beschreibung. Ich fühlte mich an das Gedicht von Yume-chan erinnert.

Schließlich kaufte ich je einen Band von Shinpei Kusano und Emily Dickinson. Ich wollte sie Yume-chan schenken.

Als ich in der Schlange vor der Kasse stand, kam mir der Gedanke, dass es eigentlich unendlich viele Gedichte geben müsste, von individuellen Autoren an individuelle Leser. Ich konnte Lyrik nur anhand meiner eigenen Gefühlswelt rezipieren. Hätten alle Leser die gleichen Empfindungen wie ich, hätten die meisten Lyriker, die in dieser Buchhandlung vertreten waren, nicht bis heute Gewicht.

Wenn das für alle Menschen so galt, dann wandte sich

ein Gedicht nicht an viele Menschen, sondern stellte eine Eins-zu-eins-Kommunikation von Worten zwischen zwei Personen dar. Folglich war Literatur letztlich nichts weiter als eine Kontaktaufnahme zwischen einzelnen Herzen, auch wenn sie von vielen gelesen wurde. Hier in der Buchhandlung vor der Kasse begriff ich erst die Tragweite dessen, was Yume-chan mir in der Ruine des Love-Hotels hatte sagen wollen.

Fünfhundert Quizfragen bis Ende des Jahres. Eigentlich hätte ich keine Sekunde länger meine Zeit mit Kneipenbesuchen in Shinjuku verbringen dürfen. Aber da ich Yume-chan die beiden Gedichtbände überreichen wollte, beschloss ich, kurz auf einen Drink ins Karinka zu gehen.

Als ich die Glastür aufschob, schaute mich Yume-chan einen Moment lang verwundert an, bevor sie mir ein Lächeln schenkte. Die Plätze am Tresen waren fast alle besetzt, nur der Hocker in Grillnähe war noch frei. Unter den Gästen befanden sich Tamago-san, Mister Stahlhart und der Regisseur, während die mittleren Plätze von Vogelnest und drei Männern in Anzügen in Beschlag genommen worden waren.

Ich nahm am äußersten Ende der Bar Platz, woraufhin Yume-chan sofort mit einem Erfrischungstuch und einem Schälchen herbeieilte. Darin befanden sich Algen mit frittiertem Tofu. Sie schaute mich erneut an und verzog den Mund mit einem Augenrollen in Richtung Anzugträger. »Hier gibt es zwielichtige Gestalten. Pass auf dich auf!«, interpretierte ich das stillschweigende Zeichen, das sie mir zusandte.

Ich bestellte einen Hoppy und eine Yakitori-Platte. Auf die gegrillten Paprika verzichtete ich, weil der Laden voll war und Yume-chan alle Hände voll zu tun hatte.

»Also ich finde es nicht gut, dass heutzutage so viele Grundstücke von Kneipen okkupiert sind.«

Die Anzugträger betranken sich offenbar mit Sake. Sie merkten gar nicht, dass ihre Stimmen immer lauter wurden. Ich schätzte sie auf Ende vierzig. Der eine ähnelte einem Nasenaffen, der nächste einem Zwerghuhn, und der dritte erinnerte mich irgendwie an ein schwarzes Berkshire-Schwein.

»Hahaha ... Mag schon sein ...«, gab Vogelnest von sich, während er ihnen Sake aus der Karaffe nachschenkte. Sie redeten offenbar über die Grundstücksspekulationen in Golden Gai. Ich wollte eigentlich nichts davon wissen, aber da sie so laut sprachen, hörte ich unweigerlich mit.

Ich stellte mir vor, ich würde an meinem Fernsehfilm über das Karinka arbeiten und ein Drehbuch über ihr Gespräch verfassen:

Nasenaffe: »*Ukiki* ... Das ist doch eine erstklassige Lage, so nah am Bahnhof Shinjuku. Was soll das, dass hier nur solche Bars angesiedelt sind? Wieso kümmert sich die Stadtplanung da nicht drum ... *kiki*?«

Vogelnest: »Na, ich würde nicht sagen, dass sie sich nicht kümmern, aber hier verkehren eben auch die Herren von der Stadtverwaltung zum Trinken.«

Zwerghuhn: »Da wir auch gerne einen heben, habe ich durchaus Verständnis für Schluckspechte ... *gagagack*. Aber die Hälfte der Bevölkerung trinkt keinen Alkohol. Für Frauen, Kinder, Alte und Nichttrinker ist dieses Viertel ... *gack* ... völlig bedeutungslos.«

B-Schwein: »*Grunz* ... Es gibt eine Menge Leute, die sich nicht hierhertrauen ... *grunz* ... All die Transen-Bars und Besoffenen, die auf der Straße ihren Rausch ausschlafen. Das ist nicht gerade ein Ort, an den man einen Ausflug mit Frau und Kindern machen möchte ... *grunz*.«

Vogelnest: »Na ja, ursprünglich war ja hier die blaue Zone.«

B-Schwein: »Blaue Zone, was heißt das ... *grunz*?«

Vogelnest: »Bis in die Fünfzigerjahre gab es doch die staatlich beaufsichtigte, legale Prostituiertenzone. Das war das rote Gebiet, während die illegale Puffzone, die nicht zugelassen war, ›Blaue Zone‹ hieß. Das war der Polizeijargon. Bis 1957 das Antiprostitutionsgesetz in Kraft trat, wurde das Viertel in diese Zonen unterteilt.«

B-Schwein: »Die haben sich also in all den Spelunken hier prostituiert … *grunz*?«

Vogelnest: »Das ist lange her.«

Zwerghuhn: »Aber letztlich zieht sich doch dieser anrüchige Schmuddelkram bis heute durch … *gackgack* … und über dem Viertel schwebt nach wie vor diese muffige Atmosphäre. Es wäre also gewissermaßen eine überaus vernünftige Aktion, mal ordentlich Großreine zu machen … *gagagack* … Die Bodenverhältnisse müssten zwar noch geklärt werden, aber wäre ein fünfzigstöckiger Wolkenkratzer nicht ein Traum an einem solchen Standort … *gagagack*?«

Nasenaffe: »*Ukiki* … In solch einem Gebäude ließe sich doch auch wunderbar eine öffentliche Bibliothek einrichten. Damit würde man einen Ort erschaffen, den täglich Zehntausende Bürger dieser Stadt nutzen könnten. Ein neues Wahrzeichen der Hauptstadt wäre aus der Taufe gehoben … *kiki*.«

Ich: »Ist ein fünfzigstöckiger Wolkenkratzer etwa mehr wert als ganz Golden Gai?«

Ja. Und damit hatte ich einen Fehler begangen. Man mischt sich nicht in das Gespräch anderer Gäste ein. Das ist ein ungeschriebenes Kneipengesetz, das immer greift, außer vielleicht, wenn man einen Scherz zu einer

Unterhaltung beizutragen hat, über den alle lachen können. In den Tavernen auf der ganzen Welt gilt die eiserne Regel: Halt im Falle eines Streitgesprächs den Mund und trink weiter.

Obwohl mir das bewusst war, ließ ich mich zu dieser Bemerkung hinreißen. Mir gefiel nicht, wie vehement diese Typen Golden Gai verteufelten. Sie blickten voller Vorurteile auf das Viertel. Mir war klar, ich sollte es besser bleiben lassen, aber ich konnte mich einfach nicht bremsen.

Ich: »Es gibt doch wohl schon genug Wolkenkratzer in der Stadt, oder nicht? Golden Gai ist Teil des kulturellen Erbes der Nachkriegszeit, und das Erbe gilt es zu bewahren.«

Zwerghuhn: »Häh? Ich will ja nicht unhöflich sein, aber ist es etwa Teil der Nachkriegskultur, sich von einer dahergelaufenen Tunte am Ärmel zupfen zu lassen? Oder in der ständigen Angst zu leben, in der Kneipe abgezockt zu werden? *Gagagack* (breitet einschüchternd die Flügel aus).«

Vogelnest: »Nun, hier verkehren immerhin auch Filmregisseure, Schriftsteller und andere Kulturschaffende. So ganz falsch liegt der junge Mann also nicht.«

Nasenaffe *(an mich gerichtet)*: »*Uki* … Glauben Sie echt, dass die Allgemeinheit Ihre Ansichten teilt? Wie viele Menschen könnten davon profitieren, wenn man drüben ein Hochhaus hinsetzen würde? Sie sind doch noch jung und flexibel, denken Sie mal darüber nach! … *Ukiki.*«

Ich: »Soll das heißen, dass etwas gut ist, wenn viele davon profitieren, und schlecht, wenn nur wenige daran Freude haben?«

B-Schwein: »*Grunz* … Was faselt der überhaupt? … *grunz* … *(erhebt sich vom Hocker)* … He, wer ist dieser Typ überhaupt? … *grunz* … Das geht den doch gar nichts an … *grunz.*«

Vogelnest: »Na, na, na, na, na … *(tätschelt B-Schweins Rücken)*. Wir trinken hier doch bloß gemeinsam ein Schlückchen. Yama-chan, misch dich hier nicht ein, hörst du? Entschuldige.«

(Ich stehe abrupt auf.)

B-Schwein: »Was zum Teufel … *grunz*. Suchst du Streit?«

Zwerghuhn: »Soll er doch … *gackgackgack.*«

Ich: »Aber nein! *(Ich schaue zu Yume-chan.)* Verzeihung, ich möchte zahlen bitte!« *(Aus irgendeinem Grund schaltet sich in diesem Moment der Regisseur ein.)*

Regisseur: »Yama-chan, du hast recht. Lass dir von denen nicht den Mund verbieten. Die sind so profitgeil, dass sie kein Kulturverständnis aufbringen.«

B-Schwein: »*Uki* ...?!«

(Neben dem Regisseur erhebt sich nun auch Mister Stahlhart. Er nimmt eine Bodybuilder-Pose ein und lässt seine Muskeln spielen.)

B-Schwein: »Was ist das hier eigentlich für eine Spelunke! *Grunz* ...«

Yume-chan: »Hört auf damit!«

Ihre Stimme war laut. Mit einem Schlag war ich nüchtern und stoppte das Drehbuch in meinem Kopf. Yume-chan starrte erst Vogelnest und dann mich mit strenger Miene an. Ihr linkes Auge zuckte.

Die drei Männer schauten sich an. »Wollen wir gehen?«, nuschelte einer von ihnen.

Du hast es wieder einmal verpatzt, schoss es mir durch den Kopf. Das Gefühl, wieder einmal falsch gehandelt zu haben, war sehr stark. Dieses Gefühl, eine Art Déjà-vu, gehörte zu meinem Wesen. Obwohl ich so unsicher war – oder vielleicht gerade deswegen –, vermasselte ich ständig irgendetwas durch unüberlegte, impulsive Worte und Taten. Mal ging es nur um eine Kleinigkeit wie die Wahl zwischen Salz oder Soße für

Yakitori, aber es handelte sich auch oft um große Angelegenheiten, die mein Leben insgesamt betrafen.

Mein Fehler stand allerdings in keinem Verhältnis zur Zerstörungskraft, die Yume-chans linkem Auge, das nicht lächelte, innewohnte. Es gab mir das Gefühl, mit drei Eimern Wasser überschüttet zu werden.

Yume-chan brachte mir mit strenger Miene die Rechnung, die ich sofort bezahlte.

»Tut mir leid!«

Yume-chan erwiderte nichts. Nachdem ich mein Wechselgeld erhalten hatte, drängte ich mich an der Sitzreihe vorbei zum Ausgang, wobei sich alle, einschließlich der drei Anzugträger, verrenken mussten, um mir Platz zu machen. Als ich die Glastür aufschieben wollte, fiel mir ein, dass ich vergessen hatte, Yume-chan die beiden Gedichtbände zu überreichen. Aber für heute reichte es mir. Ich hätte besser nicht hierherkommen sollen.

Als ich die Kneipe verließ, sah ich vor mir die Love-Hotel-Ruine aufragen. Das rief mir die Ereignisse der letzten Nacht ins Gedächtnis. Wie Yume-Chan und ich beide nebeneinandersitzend von oben auf Golden Gai hinunterschauten. Die Katzen, die uns Gesellschaft leisteten. Das leuchtende Blau des Füllers, den ich von ihr bekommen hatte. Wie sie mich bat, mich nicht an die breite Masse, sondern an einzelne Personen zu richten. All das erschien mir nun weit weg, wie ein fernes Truggespenst.

Als ich in mein Apartment zurückkehrte, fiel mein Blick auf den himmelblauen Füller, der auf meinem Tisch lag. Ich verstaute ihn erst mal in einer Schublade und schlug einen der Prüfungsfragenkataloge für die Mittelschule auf. Als ich das Heft durchblätterte, entdeckte ich eine Aufgabe aus dem Eignungstest für das Fach Naturwissenschaften, bei der man die Entwicklung eines saisonalen Taifuns einschätzen sollte. Ein Sommer-Taifun verläuft ja bekanntlich anders als ein Taifun im Herbst, und so sollten die Schüler aus fünf möglichen Szenarien die »wahrscheinliche Tendenz« für einen Taifun im südlichen Teil des japanischen Archipels auswählen.

Diese Aufgabe erschien mir für die Sendung geeignet, auch wenn sich aus der Fragestellung ein Problem ergab: Ein Taifun konnte sich schließlich auch unvorhergesehen entwickeln und abweichend verhalten. Obwohl der Kurs eines Taifuns stets in etwa ermittelt werden kann, kann er jederzeit durch die Luftströmungen und die Luftdruckverteilung einen anderen Verlauf nehmen. Deshalb hieß es in der Frage wohl auch »wahrscheinliche Tendenz«, aber ich hegte den Verdacht, dass hier ohnehin eine generalisierte Theorie, eine Mittelwertbestimmung, angewandt werden sollte und der Rest gar nicht berücksichtigt wurde.

Deshalb überlegte ich, stattdessen eine Frage bezüglich eines schweren Taifuns zu formulieren, der tatsächlich den Archipel getroffen hatte. Wenn die Frage von einem Taifun handelte, der sich wirklich ereignet hatte, dann brauchte man keine Tendenzen oder Mittelwertbestimmungen, sondern konnte sich beim Quiz an Fakten halten.

Während ich so darüber nachdachte, wurde mir wieder einmal bewusst, dass ich für das Ganze nicht taugte.

Ein Super-Taifun richtete in der Regel große Schäden an, oft kam es dabei zu Todesfällen. Bestimmt gab es etliche Hinterbliebene von Opfern, die sämtliche Taifune der Welt verfluchten. Wie würde wohl ein Betroffener reagieren, wenn er zufällig eine Sendung einschaltete, in der ein Quiz mit so einer Frage lief? Taifune waren wohl kaum ein geeignetes Thema für eine Unterhaltungsshow zur Primetime. Darüber wurde ich ganz trübselig.

Der gestrige Tag, den ich mit Yume-chan verbracht hatte, war so wundervoll gewesen. Aber heute hatte mich Nagasawa zusammengestaucht und sogar einen Stifthalter nach mir geworfen. Durch meine unüberlegten Bemerkungen hatte ich im Karinka die Stimmung versaut und Yume-chan in Verlegenheit gebracht. Ich hatte ihr nicht einmal die Gedichtbände geben können. Ganz so, als würde man von einem unvorhergesehenen Taifun heimgesucht werden – solch ein Tag war das. Nein, ich selbst war dieser Taifun gewesen.

Seufzend schob ich den Prüfungsfragenkatalog an den Rand des Tisches. Dann schaute ich auf die Uhr. Es war bereits nach 23 Uhr. Die Zeit, zu der Yume-chan in der Ruine sein musste, um die Katzen zu versorgen.

»Ihre Telefonnummer …«, murmelte ich vor mich hin.

Ich hatte ihr zwar meine gegeben, kannte jedoch ihre

nicht. Wieso hatte mir Yume-chan sie eigentlich nicht verraten?

Hatte sie etwa doch einen Freund?

Es war nicht auszuschließen. Was wäre schon verwunderlich daran, wenn eine Zweiundzwanzigjährige einen Freund hatte?

Das würde bedeuten ...

Mir fiel ein, wie sie erzählt hatte, dass sie quasi unentwegt nach einer Katze namens Shōta suchte. Wie war sie auf diesen Namen gekommen? Zumindest von den Typen im Karinka hieß keiner so.

»Ein unglaublich hübscher Kater«, hatte sie über ihn gesagt.

In mir grummelte es. Egal, ob die Hachiware-Katze nun hübsch war oder nicht, es erschien mir durchaus möglich, dass Yume-chan ursprünglich in eine Person namens Shōta verliebt gewesen war.

Deshalb suchte sie immer noch nach diesem Kater, den sie, wie sie gesagt hatte, nicht vergessen konnte. Das hieß doch, sie konnte auch den Menschen Shōta nicht vergessen! Wenn es ihn gab.

Erneut entfuhr mir ein tiefer Seufzer. Diese Art von Liebesleid passte doch wohl eher zu einem Teenager, aber nicht zu jemandem in meinem Alter ... Was sollte das?

Ich nahm den blauen Füller aus der Schublade. Dann schraubte ich ihn auf und setzte die Patrone ein. In die goldene Schreibfeder war »18 K« eingestanzt. Als ich die Spitze auf eine neue Seite in meinem Schreibheft drückte, floss Tinte heraus. Ich ließ die Feder ganz behutsam über das Papier gleiten. Eine dunkelblaue Linie erschien auf dem weißen Bogen.

Auch wenn ich nicht wusste, ob Yume-chan nun einen Freund hatte oder nicht, fühlte ich mich dadurch etwas besser. Indem ich diesen Füller benutzte, schrieb ich neuen Horizonten entgegen.

Ich konnte mir auf einmal vorstellen, dass es mir tatsächlich gelang, ein Drehbuch für einen Spielfilm zu verfassen, der den Plan der Katzen zum Inhalt hatte, und gemeinsam mit Yume-chan Katzenverse zu schmieden.

Ich drückte die Federspitze aufs Papier und hielt inne. Die Tinte zerfloss zu einem dunkelblauen Fleck, der zunehmend größer wurde.

Die erste Zeile, die ich nun schrieb, würde die erste Zeile meines zukünftigen Schicksals sein.

Ich schrieb: *Pop*.

Kurz nachdem ich mich heute im Karinka an die Theke gesetzt hatte, war der schwarze Kater Pop draußen auf der Betonmauer entlangspaziert. Im Lichtkegel, der aus der Kneipe drang, hielt Pop einen Moment inne und schaute nacheinander uns Gästen, einschließlich des Geschäftsmänner-Trios um Vogelnest, ins Gesicht. Seine Augen schienen goldene Blattkäfer in sich zu bergen. Einer von den drei Anzugträgern rief: »Oh, eine schwarze Katze«, worauf ein anderer erwiderte: »Das bringt Unglück.« Vogelnest äußerte sich nicht dazu, obwohl er es doch besser hätte wissen müssen, so oft wie er »Miaujongg« gespielt hatte. Doch Vorurteile und stereotype Ansichten lassen sich nicht allein durch Worte auflösen.

Vielleicht spürte Vogelnest, dass eine Erwiderung in diesem Fall sinnlos gewesen wäre.

Yume-chan und ich hatten eine Beziehung zu Katzen, wie Menschen wie diese Geschäftsmänner sie nie verstehen würden. Wir waren fasziniert von ihnen, die Tiere flüsterten uns etwas zu. Es war, als würden sie das Schicksal derjenigen verkünden, deren Blicken sie begegneten. Mit Worten, die nur Katzen und ganz wenige Menschen verstanden.

Pop

Ich bin eine Katze, die Mauern liebt.
So sehe ich dich von oben, bin höher als die anderen.
Ich werde jedoch niemals fallen.
Denn ich weiß, wie man nicht fällt.

Dein überhebliches Grinsen.
Nimm dich in Acht.
Du bist nicht der Einzige, der Pläne schmiedet.
Der Wind weht stets von Neuem, das Schicksal strudelt unentwegt.

Wenn unsere Blicke sich begegnen,
Heißt das, der Tag ist nicht mehr fern.
Ich weiß nicht, was dir widerfahren wird.
Im Dunkeln wittere ich das Schicksal.

Nimm dich in Acht.
Wenn du zu straucheln drohst,
Geh besser langsam.
Dann wirst du nie fallen.

Ich sehe dich von oben.
Dicht neben dir entsteht ein unsichtbarer Sturm.
Also sperr die Augen auf. Und höre sein Tosen.

Als ich das geschrieben hatte, legte ich den Füller beiseite. Die Stimmung in meinen Versen war anders als die in Yume-chans. Das, was ich geschrieben hatte, kam mir weniger wie ein Gedicht vor als wie eine Warnung oder Prophezeiung einer Katze.

Mir schoss der Begriff »Katzenorakel« durch den Kopf. Ich wusste, dass dies kein Text war, der von vielen gelesen werden würde. Vielleicht hatte ich ihn für mich selbst geschrieben, für mich, der ich in der Klemme steckte.

Ob ich diese Nacht wieder träumen würde?

Vielleicht fände ich mich in einem Traum wieder, in dem ich oben von der Mauer einen Blick auf einen Platz am Tresen im Karinka werfen würde.

Nur hatte ich keine Zeit zum Schlafen.

9

Programmgestalter beim Rundfunk und Fernsehen haben keinen regulären Urlaub zum Jahreswechsel. Stattdessen sind sie tagein, tagaus mit Sondersendungen beschäftigt und schlagen sich, während die anderen feiern, die Nächte mit Arbeit um die Ohren.

Und genauso erging es mir nun. Darüber hinaus musste ich noch die Unmenge an Quizfragen erstellen, die Nagasawa mir aufgedrückt hatte. Ich wollte den Rat von Yume-chan beherzigen und das Quiz so gestalten, als würde ich einer einzelnen Frau, die im Karinka am Grill stand, Frage um Frage zuraunen, anstatt mich im Ungefähren zu verlieren, nur weil ich eine Vielzahl von Menschen erreichen wollte.

Ich war überzeugt davon, dass es mir nur auf diese Art möglich wäre, binnen kurzer Zeit fünfhundert Fragen zu fabrizieren. Plötzlich konnte ich mich wieder konzentrieren, was nichts mit Disziplin zu tun hatte, sondern mit einem speziellen Gefühl, das meinem Herzen entsprang.

Selbst meiner Vermieterin fiel es auf. Als ich ihr die

erste Miete fürs neue Jahr überreichte, rief sie überrascht: »Hey!«

»Was denn?«

»Dir scheint es ja gut zu gehen.«

Ich hatte keine Ahnung, worauf sie anspielte, und erwiderte bloß: »Ganz und gar nicht. Jetzt zum Jahresende habe ich alle Hände voll zu tun.«

»Aber, Yama-chan, man sieht es dir doch an der Nasenspitze an.«

Und dann kam ihre zu erwartende Schlussfolgerung: »Du hast eine Freundin, was?«

In ihren Augen blitzte der Schalk.

»Nein, nein.« Ich fuchtelte abwehrend mit den Händen, während die Vermieterin mich eindringlich musterte.

»Nein, nein«, flüsterte ich Dutzende Male auf dem Weg zurück in mein Apartment.

Ich spannte meine Wangen an, um keinen dummen, gelösten Ausdruck mehr zu bieten.

Am Ende kam ich mit den Quizfragen zwar nicht bis Silvester durch, hatte jedoch die ganze Zeit über auf meine Art an dem Konzept gearbeitet. Nicht aus Pflichtgefühl, sondern aus freien Stücken setzte ich alles daran, interessante Themen auszuwählen und kluge Fragen zu gestalten. Am frühen Abend des 5. Januars schließlich trug ich die Ziffer 500 auf das Manuskriptpapier für das Quiz ein. Vielleicht lag es an meiner Erschöpfung, dass mich in dem Moment plötzlich das Gefühl überkam, der

Schreibtisch wäre aus Gummi und würde sich unter meinen aufgestützten Ellbogen verbiegen. Reiß dich zusammen, ermahnte ich mich selbst. In Jeans und Pullover mummelte ich mich auf dem Futon ein, der direkt neben dem Tisch mit dem Stapel Manuskriptbögen lag.

Spät in der Nacht klingelte das Telefon. Ich tastete im Dunkeln nach dem Hörer und vernahm kurz darauf eine Stimme, die mir »frohes neues Jahr!« wünschte. Es war das ersehnte Lispeln, die Stimme, aus der alle Luft entwichen war. »Frohes neues Jahr«, erwiderte ich in genauso kraftlosem Ton, worauf ich mich entschuldigte, dass ich mich zehn Tage lang nicht im Karinka hatte blicken lassen.

»Aber das macht doch nichts«, beruhigte sie mich. Dann wurde sie auf einmal ernst: »Wäre es möglich, dass wir uns treffen? Es gibt etwas, das ich mit dir besprechen möchte.«

Yume-chans Worte verströmten eine Wärme, die sich wohlig um meinen Hals schmiegte.

Ich kehrte aus meiner Versenkung in die normale Welt zurück.

»Ja, natürlich. Sehr gern.«

»Wie wäre es morgen Abend? Wir könnten uns dort – du weißt schon, wo – treffen.«

»Du meinst das Hotel?«

»Genau.«

Dort würden wir wieder ganz unter uns sein. Die Katzen würden sich zu uns gesellen, und ich könnte mit Yume-chan sprechen, ohne dass uns jemand störte. Vor meinem inneren Auge erhob sich die herrliche Aussicht aus dem Fenster der Ruine. Morgen Abend hatte ich frei. Zum Glück diesmal wirklich.

»Gut. Dann treffen wir uns da.«

»Wie schön!«

Ihre Stimme klang aufrichtig. Der muntere Klang ließ mich etwas mutiger werden. Und so wagte ich zu fragen, was ich mich bislang nicht getraut hatte.

»Yume-chan, würde es dir etwas ausmachen, mir deine Telefonnummer zu geben?«

Ich hatte ihr die Frage zwar nicht ohne Zögern gestellt, aber dennoch ein Ja als Antwort erwartet. Aber Yume-chan stockte.

»Tut mir leid«, erwiderte sie leise.

»Wieso?«, fragte ich spontan zurück.

»Äh ... im Moment ... entschuldige bitte.«

»In Ordnung.«

»Aber du kommst morgen auf jeden Fall, ja?«

»Ja.«

»Ich freu mich drauf, sehr sogar. Bis dann!«

»Ja.«

Ich vernahm ein Klicken, sie hatte aufgelegt. Das Gespräch war somit beendet. Meine Verblüffung darüber, dass sie mir ihre Telefonnummer nicht hatte verraten wollen, zog mich halb wieder in meine Versenkung zurück.

Warum ...? Wieso?

Ich verspürte einen stechenden Schmerz im Kopf. Also war da doch jemand ...

Ich starrte an die dunkle Zimmerdecke und stellte mir

Yume-chans Apartment in Ikebukuro vor. Wäre ihr Mitbewohner eine Freundin, hätte sie mir sicher die Nummer gegeben. Aber da sie das nicht tat, musste diese Person mehr als nur eine Freundin sein.

Mir fiel wieder Shōta ein, der hübsche Kater, nach dem Yume-chan so eifrig suchte. Lebte sie vielleicht mit einem Mann namens Shōta zusammen? Das Gefühl der Wärme in mir war mit einem Schlag zunichtegemacht worden. Als hätte man mich gegen eine eiskalte Fensterscheibe gedrückt.

Ich zog mir den Futon über den Kopf und schloss die Augen. Mein Körper fühlte sich geschrumpft an. Mir blieb nichts, als mich an Yume-chans Bemerkung »ich freu mich drauf« zu klammern.

Am folgenden Tag schrieb ich ein paar Katzenverse, die wie Orakel klangen, und ging dann ins Karinka. Yume-chan empfing mich mit ihrem üblichen dezenten Lächeln und wies auf einen Hocker am Tresen.

»Yama-chan, frohes neues Jahr!«, rief Vogelnest mir von seinem Platz vor dem Grill aus zu. Neben ihm saßen Geta-Rocker und Natasha, die leicht die Hände hoben. Yume-chan hatte auf den Platz neben dem Regisseur und Fujibart gezeigt, aber die beiden waren offensichtlich in ein ernstes Gespräch vertieft. Ich hatte keine Lust, mit hineingezogen zu werden, und setzte mich lieber ganz hinten an den Tresen. Es war der Platz gegenüber der Kasse, von dem aus man einen guten Blick auf den Katzenplan am Kühlschrank hatte.

»Die Checkers haben sich aufgelöst«, sagte Isao, der neben mir hockte. Seine Hände zitterten. Er hatte offenbar mal wieder früh am Tag angefangen zu trinken.

»Ja, das habe ich mitbekommen.«

»Hast du das Wettsingen an Silvester gesehen?«

»Nein, ich habe gearbeitet.«

Isao erhob mahnend seinen zitternden Zeigefinger.

»Yama-chan, du bist immer nur auf Achse. Wenn man ständig nur beschäftigt ist, verliert man seine Seele. Das ist gefährlich.«

Ich weiß, dachte ich bei mir, verzichtete aber auf eine Rechtfertigung, sondern bestellte stattdessen bei Yume-chan eine Yakitori-Platte und einen Hoppy.

»Die Checkers haben sich aufgelöst, einfach so, genau wie Jugoslawien. Ob sie sich zerstritten haben?«

Ich fand es zwar seltsam, zwischen einer Band und Jugoslawien eine Parallele zu ziehen, ging aber trotzdem auf seine Überlegungen ein: »Wahrscheinlich.«

»Als ich mir damals die Olympiade in Sarajevo im Fernsehen ansah, hätte ich nie gedacht, dass die Stadt mal so enden würde.«

»Niemand weiß im Voraus, was wann einmal geschehen wird. Das ist die einzige Gewissheit im Leben.«

Trotz seiner wirren Äußerungen stieß ich mit meinem Becher Hoppy, den Yume-chan mir inzwischen gebracht hatte, mit Isao an. Danach ließ er sich weitschweifig über den Bürgerkrieg in Kambodscha aus und landete bei der letzten Ausgabe von »Quizderby«, einer Sendung, die 1992 abgesetzt worden war.

Wie ich geahnt hatte, kam es derweil in der Mitte des Tresens zu einem Disput zwischen dem Regisseur und Fujibart, die über die Rolle der japanischen Streitkräfte in den UN-Friedenstruppen debattierten. Das Ganze geriet recht schnell zu einem Spektakel, bei dem beide Herren sich von ihren Hockern erhoben. Aber Lalala-sans Pfiff kam zur rechten Zeit, um die Situation zu entschärfen, worauf wieder die gewohnte ausgelassene Stimmung im Karinka herrschte.

An diesem Abend kam keiner auf die Idee, »Miaujongg« zu spielen. Ich schaute gelegentlich zum Fenster, während ich Isaos zusammenhanglosen Geschichten zuhörte. Drei Katzen ließen sich blicken: Hanayo von den Chatoras, Anego von den Sabi-Katzen und der schwarze Kater Pop.

Die meisten Katzen erkannte ich inzwischen auf Anhieb, ohne den Plan zurate ziehen zu müssen. Beim Anblick von Pop musste ich an das Gedicht über ihn denken, das ich erst neulich verfasst hatte. Heute hatten mich Mametarō und die Sabi-Katze Rūko zu Versen inspiriert. Rūko hatte ich zwar bis jetzt persönlich noch nie zu Gesicht bekommen, aber Yume-chans Plan nach zu urteilen, war sie eine besondere Katze, eine, die Glück verhieß.

Gegen zehn bat ich um die Rechnung. Yume-chan stand mit ihrer üblichen Miene an der Kasse und rechnete eine Yakitori-Platte, gegrillte Paprikaschoten und vier Hoppy ab. Unsere Blicke trafen sich, als ich bezahlte. Mit den Lippen formte ich ein stummes: »Bis später.« Yume-chan nickte kaum merklich und ging zum Grill zurück.

Als ich an der Umzäunung des baufälligen Hotels wartete, tauchte Madame Granatapfel im Pailletten-Mini auf, Hand in Hand mit einem anderen, ebenso aufgetakelten Transvestiten. Die beiden staksten an mir vorbei, das freizügige Outfit bot ihnen keinen Schutz gegen die Kälte.

»Friert ihr denn nicht?«, fragte ich, worauf Madame mit dem Po wackelte: »Aber nein, ich glühe doch innerlich!«, und ihr Begleiter scherzte: »Wir sind eben feurige Persönlichkeiten.«

Ich wartete geduldig, bis Yume-chan erschien. Auch an diesem Abend trug sie den schwarzen Lederblouson.

»Tut mir leid, dass es so lange gedauert hat.«

»Kein Problem, ich habe mich in der Zeit mit Madame Granatapfel und einem ihrer Kollegen unterhalten.«

Wir liefen am Eisengitter entlang und gelangten über den schmalen Durchgang auf das verlassene Gelände. Im Lichtstrahl von Yume-chans Stablampe betraten wir die Ruine und stiegen hinauf in die dritte Etage, bis wir vor dem Zimmer am Ende des Korridors standen.

Bevor Yume-chan die Tür öffnete, ertönte drinnen schon ein Konzert aus unterschiedlichsten Maunzlauten. Die Katzen warteten. Als wir eintraten, sahen wir ihre Augen im Licht der Taschenlampe funkeln, topasgrün wie glühender Kupferdraht, aquamarinblau wie die Laterne eines Fischerboots.

Yume-chan knipste die Leuchte an, die sie im Raum

deponiert hatte, und schaltete die Taschenlampe aus. Sie holte Schüsseln aus dem Schrank und platzierte sie vor den Katzen. Ich brachte eine Dose Katzenfutter und verteilte es auf die Näpfe. Mametarō war da, Hanayo ebenfalls. Der Kater, der sich an mein Bein klammerte, war Direktor von den Kijitoras. Toto und Coco steckten ihre Köpfe in einen Napf und begannen, ihre Ration zu fressen. Queen, die weiße Katze, beobachtete die Szene aus einer gewissen Distanz. Die trächtige Muku war auch anwesend. Den schweren, dicken Leib mit sich schleppend, näherte sie sich dem Napf, wobei sie mehrmals zu mir schaute.

Nachdem Yume-chan sich vergewissert hatte, dass alle Katzen versorgt waren, stellte sie unsere Stühle wieder nebeneinander ans Fenster. Auch heute Nacht war die Minigalaxie der illuminierten Kulisse von Golden Gai Shinjuku überwältigend.

»Danke, dass du gekommen bist.«

»Aber nein, ich wollte doch wieder herkommen und war ganz glücklich über deine Einladung.«

»Da bin ich ja froh.«

Trotz ihrer freundlichen Worte konnte ich kein Lächeln auf ihrem Gesicht entdecken, nicht so wie neulich im türkischen Restaurant. Obwohl es im Zimmer schummrig war, bemerkte ich ihre betrübte Miene, die mir bereits von Anfang an aufgefallen war.

»So, nun zu dem, was ich mit dir besprechen möchte …«

»Ja?«

»Es geht um das Hotel.«

Offenbar gesättigt, kamen Toto und Coco zu uns und rieben sich die Flanken an unseren Beinen. Sie verknäulten sich ineinander, und wir streckten unsere Hände nach ihnen aus. Die beiden Kater schnurrten.

»Sie wollen es nun tatsächlich abreißen.«

»Du meinst das Hotel hier?«

Das war für Yume-chan natürlich ein riesiges Problem. Ich holte tief Luft. Ihr linkes Auge blickte mich eindringlich an.

»Was soll ich bloß tun?«

»Hm ... ja, aber ...«

Nach kurzem Schweigen sagte ich ihr ganz offen: »Du kannst nichts dagegen tun.«

»Ich weiß, ich kann es nicht aufhalten.«

»Genau. Du kannst den Abriss nicht stoppen.«

»Aber wenn dieser Ort hier nicht mehr existiert, dann werden einige der Katzen nicht überleben.«

»An wen denkst du?«

»Mukus Junge. Der Wurf, den sie bald zur Welt bringt.«

»Hm ...«

»Außerdem wird es auch für Drumstick schwierig. Er ist schon so alt.«

Yume-chan stützte den Kopf in die Hände: »Es ist zum Verzweifeln.«

Ich verschränkte die Arme. Etwas machte mich stutzig, und ich beschloss, nachzufragen: »Sag mal, Yume-chan ...«

»Ja?«

»Von wem hast du denn erfahren, dass die Abrissarbeiten wieder aufgenommen werden sollen? Von den drei Anzugträgern neulich?«

»Nein.«

Die Katzen fingen an, im Kanon zu maunzen: Miau, miau ... Sie bettelten um mehr Futter. Ohne mir Auskunft zu geben, von wem sie ihre Informationen hatte, stand Yume-chan auf und holte noch eine Dose mit Katzenfutter.

Sie hat mir ihre Telefonnummer nicht gegeben.

Dieser Gedanke spukte mir nun erneut im Kopf herum. Während ich ihr schweigend dabei half, das Futter zu verteilen, legte ich mir im Kopf zurecht, was ich als Nächstes sagen würde und wie ich mich verhalten sollte.

Nachdem wir uns wieder ans Fenster gesetzt hatten, betrachtete ich eine Weile den nächtlichen Schauplatz draußen.

»Es gibt nun mal hoffnungslose Situationen, Yumechan«, begann ich schließlich.

»Das weiß ich doch.«

»Mein Sehvermögen unterscheidet sich von dem der meisten Menschen. Ich sehe die Welt mit anderen Augen. Deshalb bin ich von der Gesellschaft ausgeschlossen. Damit musste ich mich irgendwann abfinden.«

»Das stimmt. So wie ich von meinen Eltern im Stich gelassen wurde.«

Die Scham trieb mir die Röte ins Gesicht. Zwischen

ihren und meinen Erfahrungen lagen Welten. Hätte ich doch bloß meine Klappe gehalten. Ich bereute meine Bemerkung sofort. Aber dann, als wollte sie nun mich in meiner schweigsamen, gedrückten Stimmung aufheitern, verkündete Yume-chan mit hellerer Stimme: »Deshalb habe ich wohl angefangen, Gedichte zu schreiben …«

Ich hatte nicht sofort eine Antwort parat, nickte jedoch zustimmend.

»Ja, vermutlich. Nein, ganz bestimmt.«

Dabei fiel mir ein, was ich ihr hatte erzählen wollte.

»Ach übrigens, weißt du was?«

»Was denn?«

»Wenn du mir deine Gedichte vorliest, träume ich davon.«

»Was?«

»Du hast mir doch neulich das Gedicht über Coco vorgelesen. Und in der Nacht darauf habe ich geträumt, ich selbst sei Coco. Aus seiner Perspektive habe ich mich an Löwenzahn angeschlichen, Schmetterlinge und eine Sternschnuppe gesehen.«

»Echt? Hast du das wirklich geträumt?«

Yume-chan legte die Hände aneinander und richtete sich auf.

»Wirklich. Du bist eben eine Traumfee. Wie dein Name schon sagt: Yume, der Traum.«

»Das freut mich.«

Da ich mehrmals den Namen Coco erwähnt hatte, kam der Kater noch einmal angelaufen, vermutlich in dem Glauben, ich hätte ihn gerufen. Er rieb sich kurz an

Yume-chans Bein, bevor er sich zu unseren Füßen niederließ. Coco blickte zu mir auf, die Lichter der Nacht in den Augen.

»Coco, stell dir vor: Ich habe geträumt, ich bin du.«

Als ich ihm den Kopf kraulte, kam ein einzelnes »Miau« zurück.

»Darf ich dir heute auch wieder ein Gedicht vorlesen?«

»Natürlich. Ich bin schon ganz gespannt. Aber ...«

»Aber?«

»Ich habe mit dem Füller, den du mir geschenkt hast, auch ein paar Gedichte verfasst. Wie wäre es, wenn wir uns gegenseitig etwas vorlesen?«

»Wow! Du hast ihn tatsächlich benutzt?«

»Ja, ich finde, man hat ein tolles Schreibgefühl.«

Yume-chan legte erneut die Hände aneinander und führte sie zur Stirn. Ihr Gesichtsausdruck hatte seine Weichheit wiedergewonnen.

Wir holten jeder unser Notizbuch aus der Tasche. Die Katzen miauten durcheinander, wohl in der Hoffnung, noch einmal gefüttert zu werden. Stattdessen erhob Yume-chan sich und stellte sich ans Fenster, das Notizbuch in der Hand.

»Willst du im Stehen lesen?«

»Ich dachte mir, wenn wir uns gegenseitig etwas vorlesen, könnten wir das so machen, oder?«

»Meinetwegen. Ich werde all meinen Mut zusammennehmen.«

Wie Yume-chan hier stand, angestrahlt von Shinjukus Lichtern bei Nacht, schien sie eine völlig andere Person zu sein als die, die ich aus dem Karinka kannte, wo sie am Grill hantierte. Zumindest in meinen Augen bot sie ein völlig neues Bild. Sie erinnerte mich irgendwie an Jeanne d'Arc.

Auf der ganzen Welt gab es Frauengestalten, die sich bei Revolutionen oder in Konflikten hervorgetan hatten, ohne in der Geschichte namhafte Spuren hinterlassen zu haben. Als ich Yume-chan in aufrechter Pose mit dem Notizbuch in der Hand erblickte, schien sie eine Art Noblesse zu verkörpern, die auch all diesen Frauen innegewohnt haben musste.

Yume-chan vor der nächtlichen Kulisse Shinjukus. Yume-chan und ihre Gefolgschaft, die Katzen. Yume-chan, deren veränderte Miene nun verriet, dass sie gleich etwas vorlesen würde. Obwohl sie noch keine einzige Zeile vorgetragen hatte, fühlte ich mich wie berauscht von etwas, das kein Alkohol war.

»Mein erstes Gedicht heute Abend handelt von Hanayo.«

»Hanayo, Hanayo, es ist dein Gedicht. Hör gut zu!«

Hanayo, die sich etwas weiter weg leckte und putzte, miaute kurz und schaute uns an.

Hanayo

Hanayo, du hast keine Ahnung:
Weißt nichts über die Farbe des Himmels in Shinjuku bei deiner Geburt.
Kennst nicht den Trubel, den Lärm im Kabuki-Viertel.
Weißt nicht, weshalb du geboren bist, weshalb du miaust.

Hanayo, du begreifst nicht:
Diese Geschmeidigkeit, wenn du auf Mauern kletterst.
Wie klug du deine Kräfte einschätzt,
Wenn du zwischen den Betrunkenen,
Hui, hui, hui, hindurchflitzt.

Hanayo, du hast keine Ahnung:
Wie raffiniert du beim Betteln bist.
Welch aufbrausendes Temperament du besitzt.
Ahnst nichts von dem Schmerz desjenigen, den deine Tatze schlägt.

Hanayo, aber das weißt du:
Dass die Wirtin vom Uzu dich heimlich füttert.
Dass die Barfrau vom Kiki dich stundenlang liebkost.
Miau, mio, miau, mio.

Hanayo, was du aber niemals wissen wirst:
Dass in deinen runden Augen,
Was kein Mineraloge, kein Kurator je gesehen,
Saphire funkeln, aus sich heraus leuchten.
Heute Nacht bist du hier.
Miau, mio, miau, mio.
Miau, mio, miau, mio.

Als sie zu Ende gelesen hatte, legte Yume-chan die Hände aneinander, als wollte sie mich um Verzeihung bitten, und lächelte verlegen mit einem Anflug von Schüchternheit. Ihr Ausdruck hatte eine unwiderstehliche Anziehungskraft, mein Applaus kam etwas verzögert.

»Du brauchst doch nicht zu klatschen.«

Yume-chan wedelte beschämt mit den Händen.

»Darum geht es hierbei nicht.«

»Ja, du hast recht. Ich bitte um Nachsicht mit einem blutigen Anfänger.«

»Also dann bist du jetzt dran, Yama-chan.«

Leise stöhnend erhob ich mich vom Stuhl und stellte mich ans Fenster.

»Ich lese meine Verse über Mametarō, die aus derselben Sippe der Chatora stammt wie Hanayo.«

»Oh, Mame-chan. Ein Gedicht über dich. Hör gut zu!«

Sie zog den Kater, der neben ihr hockte, auf ihren Schoß. Mametarō ließ es sich gefallen und machte sein drolliges Gesicht, die Zunge seitlich aus dem Maul gestreckt.

Mametarō

Auf dem Dach eines Manju-Bäckers,
Unter den Laternen eines Yakitori-Imbiss,
Was glaubst du, sehe ich dort?
Einen Strom, der beginnt,
Und dann seinen Lauf nimmt.

Jeder, der in Shinjuku verkehrt,
Taucht mit dem Tag der Geburt in diesen Strom,
Strömt hinfort zu dem Tag, wo er verschwindet.
Ich stecke schräg meine Zunge heraus.
Wittere den Verlauf des Stroms.

Hinter dem Hotel, wo Lust ertönt,
Am Straßenrand, wo Krähen im Unrat stöbern,
Was glaubst du, sehe ich dort?
Dich, der nie innehält.
All das, was im steten Takt an dir vorüberströmt.

Ich kann mich überall verstecken,
Denn ich bin Mametarō.
Sei unbesorgt!
Auch wenn du dich verirrst, kehrst du zum Strom zurück.
Kehrst an den Anfang des Stroms zurück.
Dort warte ich auf dich.

Obwohl sie selbst darum gebeten hatte, auf direkte Reaktionen auf das Vorgetragene zu verzichten, erhielt ich nun Applaus von Yume-chan, gefolgt von einem lang gedehnten »Heee …« als Ausdruck ihres Erstaunens.

»Das klingt ja, als würdest du den Lauf des Schicksals beschreiben.«

»Ja, so ungefähr.« Ich kratzte mich am Kopf und lächelte.

»Hm … Wie soll ich sagen … Wenn ich dem Impuls nachgebe, ein Gedicht zu schreiben, ist es, als würde die Katze mir den Text zuflüstern. Wenn ich es dann niederschreibe, klingt es eher wie ein Orakel als wie ein Gedicht.«

»Aber trotzdem spiegelt es auch deine Persönlichkeit, Yama-chan.«

»Tja, ich weiß nicht …«

Yume-chan wandte sich an Mametarō: »Du mit deinem niedlichen Gesicht, hast du diese Vision gehabt? Vom Lauf des Schicksals?«

Yume-chan nahm Mametarōs Kopf in beide Hände, bevor sie ihn wieder vom Schoß auf den Boden setzte. Mametarō maunzte laut. Dann igelte er sich neben Coco ein.

Ich bemerkte Drumstick und Pop, die beiden schwarzen Kater, und die Schildpattkatze Anego, die inzwischen auch den Raum betreten hatten. Yume-chan ging erneut zum Vorratsschrank, um diesmal einen Beutel mit trockenem Katzenfutter zu holen. Sie stellte keine Näpfe auf, sondern fütterte die hungrigen Mäuler aus der Hand.

Ich sah vom Stuhl aus zu. Am liebsten wäre ich sofort aufgestanden, um Yume-chan von hinten zu umarmen, aber ich unterdrückte den Impuls und warf einen Blick aus dem Fenster.

Der Mond stand am Himmel. Bis vor Kurzem war er noch nicht sichtbar gewesen, aber jetzt schwebte er dort, ein fahles Licht aussendend. Er wanderte westwärts, sodass wir ihn von hier aus sehen konnten.

»Oh ja …«

Der Mond passte gut in die Kulisse des nächtlichen Shinjuku. Die Aussicht von der Fensterbank dieser Ruine war perfekt. Plötzlich kam mir ein Gedanke.

Das Mondlicht ergoss sich zwar gleichzeitig über alle Menschen, drang jedoch ins Herz jedes Einzelnen. Und genauso war es, wenn Yume-chan und ich uns gegenseitig etwas mitteilten, anstatt unsere Worte an eine breite Masse zu richten.

»So, jetzt mache ich weiter.«

Yume-chan blätterte in ihren Notizen und verkündete dann: »Wie wäre es mit einem Gedicht über eine Katze, die ich wohl nie wiedersehen werde?«

»Ja gern. Welche ist es denn?«

»Sting.«

Das Gesicht eines britischen Rocksängers kam mir in den Sinn. Ob der Kosename von ihm abgeleitet war?

»Dann lese ich jetzt vor.«

Sting

Du rennst fort. Rennst, ohne anzuhalten.
Du flitzt im Dunkeln durch Shinjuku.
Su, su, su.
Es bleiben nur die Spuren deiner Pfoten.
Niemand ist dir auf den Fersen.
Sting ... Nachbild ... Sting.

Du miaust. Miaust mit überirdischer Stimme
Zu all den Schatten auf dem Kuyakusho-Boulevard.
Ni, ni, ni.
Du miaust auch in meiner verlorenen Erinnerung.
Laut forderst du die rasenden Schatten heraus.
Sting ... Nachhall ... Sting.

Du schaust. Dein Blick erfasst
Die Partikel der Zeit.
Ru, ru, ru.
Ein goldener Blick.
Sting ... Nachglanz ... Sting.

Während ich dich immer noch suche,
Wird mir endlich klar, wie das Leben sein sollte.
Mi, mi, mi.
Ein Lidzucken im Schatten.
Sting ... Nach, nach, nach ... Sting.

Auch diesmal war das charakteristische Element ihres Gedichts die Lautmalerei. Anfangs hatte Yume-chan das Gedicht relativ nüchtern vorgetragen, aber spätestens mit »ni, ni, ni« entstand eine Art treibender Rhythmus, der ihren Worten in der zweiten Hälfte noch mehr Kraft verlieh.

Der verschwundene Kater Sting war ein Phantom, das Yume-chan immer noch lebhaft vor Augen stand. Sie trug die Verse so vor, als würde sie just in diesem Moment seinen goldenen Blick auf sich spüren. Ich klatschte dann entgegen unserer Abmachung doch dezent Beifall. Und ich musste unbedingt eine Bemerkung loswerden: »Es kommt mir vor, als würde Stings Nachbild jetzt gerade durch den Raum spuken.«

Denn es stimmte; während ich Yume-Chans Vortrag gelauscht hatte, hatte mich das Gefühl überkommen, dass der unsichtbare, agile Sting jeden Augenblick blitzartig auftauchen könnte.

»Du hast den Kater schon lange nicht mehr gesehen, oder?«

»Ja, obwohl ich mich nicht wundern würde, wenn er plötzlich wieder aufkreuzte.«

»Ja ... Sting würde ich gerne mal zu Gesicht bekommen. Es gibt übrigens noch andere Exemplare vom Katzenplan, die ich gern mal persönlich kennenlernen würde, zum Beispiel Eri, die Mike-Katze.«

Kaum hatte ich das gesagt, wandte sich Yume-chans linkes Auge von mir ab. Es trat eine merkwürdige Pause ein, in der eine neue Frage in mir entstand.

»Wie lange arbeitest du eigentlich schon im Karinka, Yume-chan?«

Sie schien zu spüren, dass meine Gedanken sich nicht länger um Sting drehten, sondern eine andere Richtung eingeschlagen hatten.

»Äh …«, begann sie und schaute mit halb geöffnetem Mund in ihr Notizheft.

»Der Verbleib von Sting mag uns vor ein Rätsel stellen, aber du scheinst mir nicht weniger mysteriös zu sein.«

Ein inneres Mahnen riet mir, meine Klappe zu halten. Aber der treibende Rhythmus in dem Gedicht über Sting hatte auch mich erfasst.

»Tut mir leid, Yume-chan.«

»Nein, schon gut.«

»Ich finde es wirklich schön, dass wir uns hier gegenseitig unsere Gedichte vorlesen können. Aber deine Telefonnummer wolltest du mir nicht geben. Das hat mich ziemlich getroffen.«

»Ja, das verstehe ich.«

»Darf ich dich etwas fragen?«

Yume-chan erwiderte nichts darauf. Sie blieb am Fenster stehen, mit dem Notizheft an der Brust. Ihre Wangen wirkten bleich, was am fahlen Mondlicht liegen mochte.

»Gibt es jemanden, den du liebst?«

Yume-chan blieb weiterhin reglos stehen, dann nickte sie schwach, ohne aufzuschauen.

»Heißt er Shōta?«

»Ja.«

Die Dunkelheit lastete auf meinen Schultern. Ich hatte es ja bereits geahnt. Nun erstarrte ich in Reglosigkeit.

»Aber ... er ist verschwunden, und ich weiß nicht, wohin.«

»Du meinst die Person Shōta?«

»Sie sind beide verschwunden. Sowohl die Person als auch die Katze.«

»Aha, ich verstehe.«

Ich hätte alles Mögliche fragen wollen, hatte jedoch keine Lust mehr, nachzubohren. Wenn Yume-chan in jemanden verliebt war, dann sollte ich nicht weiter vorpreschen. Es wäre besser, jetzt heimzukehren, dachte ich. Aber Yume-chan fuhr fort: »Es tut mir sehr leid, dass ich dir meine Telefonnummer nicht sagen konnte, aber es gibt da gewisse Umstände ...«

»Bist du verheiratet?«

»Nein.«

Yume-chan schüttelte demonstrativ den Kopf.

»Ich ...«, begann sie, brach jedoch ab. Sie stand da und schaute mir direkt ins Gesicht, während ich immer noch auf dem Stuhl saß. Es war nicht nur ihr linkes Auge, das mich ins Visier nahm, diesmal blickte mich auch ihr rechtes an. In ihren Augen spiegelten sich die Lichter Shinjukus. Sie schimmerten feucht wie schaukelnde Schiffchen auf dem weiten Meer.

Ich stand auf. Yume-chans Blick wanderte auf und ab zwischen meinen Augen und meiner Brust. Als ich einen Schritt auf sie zutrat, verschwamm ihr Blick, und sie drehte den Kopf zur Seite. Doch als ich mich einen weiteren Schritt näherte, sah sie mich erneut an.

Ich legte meine rechte Hand in ihren Nacken und zog sie an mich. Yume-chan ließ ihr Notizbuch fallen. Ich schlang beide Arme um sie.

»Ich ...«

Yume-chan wollte etwas sagen. Aber ich verschloss ihre Lippen mit meinen. Auch sie legte nun die Arme um mich. Ich drückte sie noch fester an mich. Sie holte tief Luft und bog sich zurück.

»Yume-chan«, flüsterte ich zwischen meinen Küssen.

Wir verharrten, vom fahlen, weit gereisten Licht des Mondes beleuchtet und umringt von den Katzen, die uns lautlos anstarrten.

»Yume-chan.«

»Ja?«

»Lass uns gemeinsam einen Gedichtband schreiben«, schlug ich ihr vor, während wir uns küssten. Yume-chan stöhnte auf, entweder weil sie nicht genug Luft bekam oder im Rausch, und stimmte mir zu.

»Einen Gedichtband über Katzen?«

»Selbstverständlich. Zur ewigen Erinnerung daran, dass die Katzen hier waren, auch wenn dieser Ort verschwindet.«

»Und soll der Band irgendwo veröffentlicht werden?«

»Nein, er ist nur für uns beide gedacht.«

»Ja.«

»Wie sollen wir ihn nennen?«

»*Die Katzen von Shinjuku* fände ich schön.«

Ich umarmte sie noch fester, bis sie fast zu zerbrechen drohte. Als wir uns im Mondlicht küssten, hatte ich unweigerlich das Gefühl, dass dieser Raum nicht zu Shinjuku gehörte: Das Zimmer, in dem wir beiden standen, umgeben von Katzen, war eine Insel. Plötzlich hatte ich die Vision, dass alles außer diesem Raum nur Treibsand sei.

Nicht bloß diese Ruine, auch die Wolkenkratzer würden sich eines Tages in Treibsand verwandeln, wenn sie abgerissen wurden. Shinjuku war ein Fluss aus Sand. Im Strom der Zeit.

Aber, überlegte ich, indem wir hier und jetzt Gedichte schrieben und uns im Kreis der Katzen umarmten, hinterließen wir etwas Bleibendes, das nicht verschwinden würde, zumindest solange wir lebten. Etwas, das nicht bloß zu einem Nachbild verblasste.

10

Einige Tage darauf wollte Nagasawa mich sprechen. Wir trafen uns in einer kleinen Nobelbar, die sich in einer Nebenstraße nahe der Nishi-Azabu-Kreuzung befand.

Es war ein kalter, regnerischer Abend. Der Wetterbericht hatte Schneefälle für später in der Nacht angekündigt.

Ich hatte keine Ahnung, was er von mir wollte. Als wir uns das letzte Mal gesehen hatten, hatte er den Stifthalter nach mir geworfen. Ich war also auf alles gefasst, auch darauf, dass er mich feuern wollte.

Als ich zur verabredeten Zeit die Bar betrat, saß er schon am Tresen und winkte mich – zu meiner Überraschung – lachend zu sich. Neben ihm hockte ein Comedian, der aus dem Kansai-Regionalprogramm bekannt war und neuerdings auch im regulären Programm der Kantō-Region auftrat. Offenbar hatten sie schon einige Whisky Soda intus.

»Hier haben wir den Knaben, den Fünfhundert-Fragen-Quizmeister, von dem ich dir eben erzählt habe.«

»Wow, Mister Fünfhundert-Fragen! Da hast du ja ordentlich geschuftet. Nagasawa hat dich gerade schon gelobt.«

Das kann doch alles gar nicht sein, dachte ich, nahm aber trotzdem neben Nagasawa Platz. Ich begrüßte meinerseits den Komiker und bestellte mir einen Drink.

Ein Bossa nova von João Gilberto drang in angenehmer Lautstärke aus den Boxen. Die Atmosphäre hier unterschied sich total von der im Karinka. Die beiden Bardamen am Tresen sahen aus wie Models und trugen teure Klamotten. Die Einrichtung war minimalistisch, aber alles wirkte hochpreisig, von den Gläsern bis zum Mobiliar. Auch die Klientel war eine komplett andere. Die Männer trugen alle Designeranzüge, und die Frauen waren ebenso elegant gekleidet. Ich kam mir irgendwie abgerissen vor. Wie damals auf dem Aoyama-Boulevard, als ich in meinen drückenden Schuhen die Mitarbeiter der Automobilfirma beobachtet hatte. Ich fragte mich, wie die Menschen hier wohl reagierten, wenn ich mit Madame Granatapfel in ihrem Pailletten-Fummel aufkreuzen würde.

»Übrigens, es hat tatsächlich geklappt.«

Ich wusste nicht, wovon Nagasawa sprach, und fragte zurück: »Ach ja?«

»Gestern rief mich TV Akasaka an, sie haben von deinen fünfhundert Quizfragen hundert genommen. Sie möchten dich für die große Extraausgabe des Schulquiz und im Anschluss zunächst für drei Monate als regulären Autor engagieren. Dein Name würde dann im Abspann erscheinen.«

»Wie? Echt?«

»Du hast schließlich hart dafür gearbeitet«, schaltete sich der Komiker ein. »Eine wahre Glanzleistung. Fünfhundert Fragen über die Feiertage, Silvester und Neujahr aus dem Ärmel zu schütteln. Ich hätte an deiner Stelle Reißaus genommen.«

Obwohl wir uns zum ersten Mal begegneten, versuchte der Komiker, einem Niemand wie mir Honig um den Bart zu schmieren.

»Weißt du, es wird sich einiges ändern, wenn dein Name erst mal im Fernsehen auftaucht«, sagte Nagasawa zu mir.

Ich erwiderte zwar: »Ja«, aber da das alles Neuland für mich war, fragte ich unsicher zurück: »Wie die Leute mich behandeln werden, meinen Sie?«

»Ja, schon, und auch deine Gage wird sich in einer ganz anderen Größenordnung bewegen. Primetime bei TV Akasaka, das ist schon was! Allein diese eine Sendung bringt dir pro Woche hunderttausend Yen ein. Das macht im Monat vierhunderttausend Yen. Überleg dir das mal. Dann rechne dir mal aus, was du verdienst, wenn du drei Sendungen dieser Art machst. Hoi, hoi, mein Lieber! Dann brauchst du nicht mehr in einer Spelunke in Shinjuku saufen zu gehen.«

»Das ist ja der Hammer. Echt 'ne Menge Schotter, die man da einsacken kann. Bei nur vier Sendungen im Monat kommen da ja 1,6 Millionen zusammen. Holla! Ich glaube, ich hänge meinen Comedy-Job an den Nagel und werde Fernsehautor.«

»Ach, Quatsch! Du verdienst doch viel mehr!«, widersprach Nagasawa grinsend.

Die beiden stupsten sich an wie zwei Halbstarke, während sie ihre Drinks kippten. Da haben sich ja zwei gefunden, dachte ich.

Ich schaute hinab auf die Pfütze in meinem Whiskyglas und ließ die beiden sich an den Honoraren und Geldsummen hochziehen. Was Nagasawa mir soeben verkündet hatte, kam wie aus heiterem Himmel und hatte mich ziemlich überrumpelt. Ausgerechnet bei TV Akasaka, wo ich noch vor kurzer Zeit eine so große Schmach erlitten hatte, sollte ich zum großen Fernsehautor gekürt werden. Und dann noch für eine Show zur besten Sendezeit. Angesichts dieser Entwicklung müsste ich jetzt eigentlich die Faust zum Sieg hochrecken, als hätte ich beim »Miaujongg« einen Treffer erzielt.

Aber in mir wirbelten widersprüchliche Gefühle durcheinander. Ich war mir nicht sicher, ob ich mich vorwärts- oder rückwärtsbewegte.

»Und? Freust du dich? Nun red doch endlich! Ich bin stolz auf dich. Schön zu sehen, wie du erwachsen wirst.«

»Danke. Das ist Ihr Verdienst.«

Ich reagierte, wie man es von mir erwartete. Aber darüber hinaus sagte ich nichts weiter. Während ich so vor mich hin schwieg, verengten sich Nagasawas Augen, und sein Blick wurde scharf.

»Was ist denn los mit dir?«

»Ach, lass Yama-chan doch. Yama-chan, so heißt du, richtig? Auf dein Wohl!«

Der Kansai-Promi hielt mir über Nagasawas Kopf hinweg sein Glas hin, und ich stieß klirrend mit ihm an.

»Danke«, sagte ich mit einer Verbeugung.

»Los, Yama-chan. Erzähl uns doch mal was über deine Ambitionen. Wie du als Autor für eine Quizshow die Welt verändern willst.«

»Ja.«

Von dem grinsenden Komiker angestachelt, fing Nagasawa lauthals an zu lachen.

»Ambitionen … hörst du? Ambitionen …«

Er stupste gegen meinen Arm.

»Ich habe lange gedacht, ich müsste als Autor für die breite Masse schreiben, aber ich frage mich langsam, was diese breite Masse überhaupt ist.«

»Was soll das denn nun wieder?!«

Nagasawa hörte auf zu lachen. Sein Gesichtsausdruck versteinerte zusehends. Aber der Komiker sagte: »Das kann ich verstehen«, und lehnte sich weiter zu mir herüber.

Ich versuchte zu erklären: »Letztendlich setzt sich auch die breite Masse aus Einzelwesen zusammen. Sofern man nicht die individuellen Herzen erreicht, wird jedes Programm nur lautes Getöse sein. Deshalb versuche ich, mir möglichst etwas auszudenken, was sich an jede einzelne Seele richtet.«

»Bist du übergeschnappt? Was nimmst du dir hier eigentlich heraus?«

Nagasawa blickte mich an, als wäre ich eine Wanze, die es zu zerquetschen galt.

»Tsss, du lässt hier den Philosophen raushängen, ja? Welchem Jahrhundert bist du eigentlich entsprungen? Das Fernsehen ist ein Medium der Zukunft, mein Lieber! Die Zeit steht nicht still. Die Fernsehautoren werden bald alle elektronisch ihre Texte schreiben. Und ebenso wird die Kommunikation elektronisch stattfinden. Man kann sich dann Manuskripte hin und her schicken, ohne Ausdrucke machen zu müssen. Wieso willst du dich angesichts dieser neu anbrechenden Ära noch mit einzelnen Seelen abgeben? Auch wenn du nicht daran glaubst, du musst dir die Frechheit rausnehmen zu behaupten, dass du Millionen Menschen zum Lachen oder zum Weinen bringen kannst.«

»Ach, ich weiß nicht. Ich kann Yama-chan gut verstehen.«

Erst glaubte ich, dass der Kansai-Comedian Nagasawa nur beschwichtigen wollte, aber dann blickte er mir in die Augen und nickte mir anerkennend zu.

»Beim Comedy auf der Bühne ist es das Gleiche. Wenn ich versuche, alle Zuschauer zum Lachen zu bringen, dann verliere ich den Fokus. Ich muss von der Bühne das Publikum ins Visier nehmen und mir einen herauspicken, den ich zum Lachen bringe. Auf diese Art kann ich meine Wirkung viel stärker beeinflussen und mich besser konzentrieren.«

»Ach herrje, ihr beiden seid doch in der Vergangenheit stecken geblieben. Wir befinden uns in einer neuen Zeit, der Heisei-Ära. Die Shōwa-Ära ist vorbei. Könntet ihr das mal bitte anerkennen?«

Als Nagasawa zum Gegenangriff ausholte, brach der Komiker in Lachen aus, wodurch sich die Situation wieder entspannte. Er ist in der Tat wie geschaffen für diesen Beruf, dachte ich.

Die Bardamen waren nun ebenfalls mit von der Partie, und es ging hoch her am Tresen. Ich beteiligte mich jetzt auch am Gespräch, hielt mich nicht länger als bloßer Zuhörer im Hintergrund, sondern gab die Geschichte davon zum Besten, wie mein Apartment in eine Baustelle verwandelt worden war. Der Komiker konnte sich vor Lachen kaum halten.

Es war lange her, seit ich mit Nagasawa um die Häuser gezogen war und mich ihm ebenbürtig gefühlt hatte. Ich genoss die ausgelassene Stimmung.

Doch als der Komiker sich als Erster verabschiedete, um nach Hause zu gehen, drehte sich der Wind wieder. Ich spürte, Nagasawa hatte einen Anschlag auf mich vor.

Bald saßen wir nur noch zu zweit an der Bar. Er wirkte betrunken und gleichzeitig klar.

»He, hör mal, ich muss mit dir reden …«

Wie ich vermutet hatte, gab es also noch einen anderen Grund, weshalb er mich hierherbestellt hatte.

»Es geht um die Katzen.«

»Ja.«

Ein kalter Schauer lief mir über den Rücken.

»Ich habe den beiden ›Sharks‹ von der Katzenwette in der Kneipe erzählt.«

»Die Sharks« hieß ein Komiker-Duo, das sehr gut im Geschäft war. Nagasawa berichtete, dass sie so von der

Sache angetan seien, dass sie das Spiel gleich in mehrere Shows zur Hauptsendezeit einbinden wollten.

»Die Idee hat ihnen richtig gut gefallen. Sie wollen das Spiel unbedingt in ihre eigene Sendung einbauen. Der Produzent von Akebonobashi TV war bei unserem Meeting auch da und fand, das sei ein Supervorschlag. Hörst du mir noch zu?«

»Ja.«

»Deshalb werde ich alles daransetzen, um die Sache auf die Beine zu stellen. Unsere Agentur könnte damit eine komplette Sharks-Show übernehmen. Damit ergattern wir auch ein Sendefenster bei Akebonobashi-TV. Ich habe nachgedacht. Neulich hast du gequengelt, dass ich dir die Sache mit den Katzen überlassen soll. Um dir entgegenzukommen, biete ich dir jetzt an, das Projekt zu machen.«

»Und was ist dann mit den Katzen?«

»Wie, was? Na, was soll sein? Wir machen die Katzenwette.«

»Und wo soll das Ganze stattfinden?«

»Na, da, in der Kneipe. Diese versiffte Spelunke in Shinjuku. Wir werden mehrere Nachwuchskomiker eigens für das Katzenspiel engagieren. Die können sich dann so richtig austoben beim Wetten, sich irgendwas Verrücktes als Einsatz ausdenken. Wie nennt ihr das Spiel noch mal? ›Miau-jongg‹ oder so ähnlich? Das Mädel am Tresen kann meinetwegen als Kommentatorin auftreten.«

Mir wurde klar, dass nun der Zeitpunkt gekommen war, ihm zu widersprechen. Ich trank noch einen Schluck verdünnten Whisky und nahm meinen Mut zusammen, auf Nagasawas Reaktion gefasst.

»Es tut mir leid.«

Bereit, mir wieder Schläge einzufangen, hielt ich ihm meinen Kopf hin und murmelte: »Es tut mir leid, aber da kann ich unmöglich mitmachen.«

»Wie? Was redest du da?«

»Ich werde es nicht zulassen, dass man die Kneipe für so etwas missbraucht.«

»Was bildest du dir ein! Bist du etwa der Inhaber des Ladens?«

Er verpasste mir den ersten Klaps. Seine Handfläche klatschte auf meinen Scheitel.

»Es geht nicht.«

»Wieso denn nicht? Wenn die Kneipe ins Fernsehen kommt, profitiert doch der Laden auch davon. Das lockt scharenweise Kunden an. Kapierst du das nicht?«

Ein weiterer Schlag landete auf meinem Hinterkopf.

Er war ein Vollblut-Fernsehmacher. Er verstand es eben nicht. Kaum hatte ich das gedacht, setzte es die erste Ohrfeige. Es klatschte laut auf meiner Wange.

»Hey, was soll das?! Sie prügeln jetzt schon eine ganze Weile auf ihn ein. Es reicht langsam!«

Ein Anzugträger, der an einem der Tische saß, war entrüstet aufgestanden. Auch den beiden Frauen an der Bar waren die Gesichtszüge entgleist: Sie starrten Nagasawa schockiert an.

»Verzeihung.«

Ich stand auf und wollte die Bar verlassen. Wenn ich

signalisierte, dass ich ging, würde Nagasawa wohl zur Besinnung kommen. Aber an jenem Abend war er nicht zu bremsen. Er war sturzbetrunken und hegte noch dazu einen heftigen Groll gegen mich.

»Bleib gefälligst hier!«

Die anderen waren ihm bereits egal. Er war knallrot angelaufen, und ihm quollen die Augen förmlich aus dem Gesicht. Ohne ein weiteres Wort öffnete ich die Tür und ging nach draußen.

Nagasawa holte mich bald ein, vermutlich hatte er noch die Zeche bezahlt.

»Bleib gefälligst hier!«, sagte er wieder und wieder, während er mir gegen den Rücken und auf die Arme hämmerte. Es fiel ein matschiger Schneeregen. Ich stellte fest, dass ich meinen Regenschirm in dem Laden vergessen hatte, da ich so hastig hinausgestürmt war. Nagasawa hatte seinen offenbar ebenfalls liegen gelassen. Wir beide wurden allmählich nass.

»Begreifst du eigentlich, wie sehr ich mich für dich eingesetzt habe? Ich habe mich zum Deppen gemacht, um dich ins Hauptprogramm zu schleusen, und wie behandelst du mich?«

Nagasawa japste nach Luft, schlug mir fest gegen die Brust und versuchte, mich auf die Straße zu schubsen. Ich merkte, dass ich aus der Nase blutete. Meine Daunenjacke war von der Brust bis zum Bauch rot beschmiert.

»Trägst du denn nicht einen Funken Dankbarkeit in dir? Was soll diese arrogante Haltung mir und den Zuschauern gegenüber? Glaubst du etwa, damit kommst du weiter?«

Nagasawa hatte offenbar vor, mich mit aller Gewalt auf die Straße zu stoßen.

»Du hast wohl diese schielende Schlampe rumgekriegt, was? Deshalb spielst du dich hier so auf.«

Ich hielt inne. Wir befanden uns ganz in der Nähe des Friedhof Aoyama. Die Kälte des anhaltenden Schneeregens spürte ich nicht mehr.

»Wie nennen Sie sie?«

Ich stand Nagasawa direkt gegenüber.

»Schielende Schlampe!«

Ein einziger Fausthieb traf ihn direkt ins Gesicht. Ein widerliches Gefühl in meinem Handrücken blieb zurück. Nagasawa sackte zusammen und fiel in Zeitlupe hintenüber. Die Arme und Beine weit von sich gestreckt, lag er nun auf der nassen Straße. Er blutete ebenfalls aus der Nase. Die vom dunklen Himmel herabnieselnden matschigen Flocken bildeten auf dem Blut ein Muster. Nagasawa öffnete den Mund und blickte mich bloß an. Seine Augen weiteten und verengten sich, während er mich wie hypnotisiert anstarrte.

Ich stand da mit blutverschmiertem Gesicht und heulte wahrscheinlich.

»Ich danke Ihnen. Danke Ihnen für alles, was Sie für mich getan haben.«

Mit letzter Anstrengung presste ich die Worte hervor.

Danach trottete ich über den Friedhof Aoyama davon. Nagasawa lief mir nicht hinterher.

Ich wischte mir das mit Tränen vermischte Blut aus dem Gesicht, während ich mir einen Weg durch die Reihen von Grabstein-Silhouetten bahnte.

Als ich mich dem Aoyama-Boulevard näherte, fand ich eine öffentliche Toilette, in der ich mich waschen konnte. Ich knüllte meine schmutzige Daunenjacke zusammen und klemmte sie mir unter den Arm. Dann nahm ich mir ein Taxi bis zu meiner Wohnung in Takadanobaba.

Eigentlich wäre ich lieber ins Karinka gegangen. Aber es war bereits nach Mitternacht. Am Grill stand jetzt nicht Yume-chan, sondern Isao.

Sie hätte ich allzu gern getroffen. Aber Yume-chan war sicher bereits bei sich zu Hause in Ikebukuro mit ...

Alles Weitere wollte ich mir besser nicht ausmalen.

Ich blieb eine ganze Woche daheim. Mein gesamter Körper tat weh. Aus dem Büro bekam ich nur einen einzigen Anruf, von Mori-san.

»Nagasawa-san scheint unter Schock zu stehen«, flüsterte er in die Sprechmuschel, sodass ich ihn nur schwer verstehen konnte.

»Er hat dich ständig traktiert, das ist jetzt seine gerechte Strafe«, fuhr Mori-san fort. »Kündigst du jetzt? Wenn du das tust, bist du in Schwierigkeiten. Du wirst nicht mehr so leicht Fuß fassen können in der Fernsehbranche.«

»Ja, ich weiß. Vielen Dank für Ihre Bemühungen, Mori-san. Ich weiß das sehr zu schätzen.«

Nach dieser Antwort legte ich auf.

Nun würde ich wieder ein kümmerliches Dasein fristen. Aber irgendwie befreite mich dieser Gedanke auch.

Anders als zu den Zeiten, in denen mein Apartment in eine Baustelle verwandelt worden war, hatte ich inzwischen etwas Geld auf die hohe Kante gelegt. Ich hatte nicht vorgehabt zu sparen. Ich vertrank zwar viel Geld in Shinjuku, aber da ich, ohne freizunehmen, durchgearbeitet hatte, hatte sich automatisch etwas angesammelt.

Damit würde ich mich drei Monate ohne Job über Wasser halten können. Und ich wollte unbedingt ein Drehbuch verfassen. Es musste nicht zwangsläufig fürs Fernsehen sein. Es konnte ebenso für einen Film, ein Theaterstück oder ein Hörspiel sein. Außerdem wollte ich weiterhin Katzengedichte schreiben. Das hatte ich mir fest vorgenommen.

Meine Fantasien über die Katzen auf dem Plan, denen ich noch nie begegnet war, nahmen allmählich Gestalt an. Angefangen bei der Hachiware Shōta, versteht sich, aber auch Daijirō von den Chatora und Rūko von den Sabi-Katzen beschäftigten mich. Und natürlich die Mike-Katze Eri.

Ich konnte mich nicht darauf besinnen, in letzter Zeit eine reinrassige Mike-Katze gesehen zu haben. Yumechans Beschreibung »Odd Eyes« auf dem Plan hatte mein Interesse geweckt. Wenn ich mich recht erinnerte, benutzte man den Ausdruck bei Menschen mit verschiedenfarbigen Augen wie zum Beispiel David Bowie. Vermutlich funkelte bei Eri auch das rechte Auge anders als das linke. Wie mochte das in der Nacht aussehen?

Wahrscheinlich freuten sich die Gäste besonders, wenn Eri dem Karinka einen ihrer seltenen Besuche abstattete.

Das nächste Mal in der Kneipe oder noch besser bei einem Treffen in der Hotelruine wollte ich Yume-chan über Eri ausfragen. Selbst wenn sie mir nur Bruchstücke erzählte, wäre ich danach in der Lage, mir ein lebhafteres Bild von der Katze zu machen. Dann würde ich auch ein paar Zeilen über sie dichten können.

Meine Schmerzen ließen schließlich nach, und auch das Wetter wechselte. Gerade als ich das erste Mal das Haus wieder verlassen wollte, erhielt ich einen Anruf vom Produzenten des Wakaba Radios in Yotsuya.

»Ich habe gehört, dass Nagasawa Sie gefeuert hat.«

In meinem leeren Zimmer antwortete ich dem Mann am Telefon mit einer Verbeugung: »Das stimmt.«

»In so einem Fall sind wir Nagasawa-san gegenüber eigentlich verpflichtet. Sie wissen, es wäre üblich, dass Sie nun bei uns aufhören, da die Agentur, die Sie vermittelt hat, Sie nicht länger anstellt.«

»Ja, das verstehe ich.«

»Allerdings ... Es fehlen uns im Moment Leute. Ich möchte Nagasawa-san zwar nicht in die Quere kommen, aber könnten Sie vielleicht ausnahmsweise bei uns bleiben?«

»Was?«

»An Ihrem Honorar wird sich leider nichts ändern. Wenn Sie aber einen Direktvertrag mit uns abschließen, fällt der Anteil für die Agentur weg, sodass Sie dann praktisch das Doppelte verdienen. Außerdem will Sie auch die Nachrichtenredaktion mit im Team haben. Wenn möglich könnten Sie also auch für diese Abteilung arbeiten. Dafür würden Sie dann zusätzlich honoriert werden.«

»Meinen Sie das ernst?«

»Wie ich schon sagte, wir haben alle Hände voll zu tun. Es wäre nicht gut, auf Sie verzichten zu müssen. Meinetwegen können Sie gleich morgen wieder anfangen zu arbeiten. Wir brauchen Sie.«

Ich bedankte mich noch mehrmals, bevor ich auflegte.

Solange ich nicht in Luxus schwelgte, würde ich mit diesen Jobs gut über die Runden kommen. Aber mehr noch war ich darüber begeistert, dass der Produzent von Wakaba Radio sich bereit zeigte, mit den üblichen Konventionen der Branche zu brechen.

Ehrlich gesagt, war ich davon ausgegangen, dass ich wieder bei null anfangen und in Zukunft nicht mehr als Rundfunk- und Fernsehautor tätig sein würde. Ich dachte, die Tage wären vorbei, an denen ich am Redaktionstisch irgendeines Sender saß, um haufenweise Nachrichtentexte unter erheblichem Zeitdruck zu verfassen. Aber ich verspürte Lust, mich für Wakaba Radio, deren Mitarbeiter so zu mir standen, wieder ins Zeug zu legen.

In der Rundfunkbranche ging es naturgemäß hart zu. Der Unterschied zum Fernsehen war gering, was den gnadenlosen Wettbewerb um Einschaltquoten betraf. Und trotzdem war es eine Branche, in der man merkwürdigerweise kaum auf unangenehme Machertypen traf. Hier hatte ich vielleicht die Möglichkeit, Yume-chans Ratschlag umzusetzen und mich direkt an den einzelnen Hörer zu wenden anstatt vage an eine anonyme Masse.

Ich würde wie bisher für das reguläre Programm arbeiten und zusätzlich als Aushilfe in der Nachrichtenredaktion. Trotz der Doppelbelastung würde ich zukünftig die Hälfte der Woche freihaben. Dadurch blieb mir genug Zeit, um Drehbücher und Gedichte zu schreiben. Ich würde mich nicht mehr damit abrackern müssen, mir Quizfragen für irgendwelche Fernsehsendungen auszudenken. Ich hatte das Gefühl, dass mein Leben in beinahe ideale Bahnen gelenkt wurde.

Am nächsten Morgen verließ ich noch im Dunkeln meine Wohnung, um Wakaba Radio aufzusuchen. Es war ein langer Fußmarsch von Takadanobaba nach Yotsuya, aber mit jedem Schritt, den ich in Erwartung der Morgendämmerung machte, so kam es mir vor, steuerte ich auf den neuen Sonnenaufgang in meinem Leben zu. Auf dem Weg dorthin begegnete ich einer Kijitora-Katze, die sich in der Waseda-Avenue postiert hatte. Als ich ihr Guten Morgen wünschte, miaute sie ganz leise.

Die gesamte Belegschaft von Wakaba Radio begrüßte mich herzlich. Das Programm lief in einem angenehm flotten Tempo, und die Gastsängerin, die in der Nachrichtenpause auftrat, verließ das Studio gut gelaunt. Nach Ende des Programms aßen wir gemeinsam Soboro-Bentos, die mir außerordentlich gut mundeten.

Nach dem Imbiss wechselte ich hinüber in die Nachrichtenredaktion. An einem donutförmigen Tisch saßen einige Mitarbeiter und schrieben Manuskripte für die

Nachrichtensprecher. Die Nachrichten wurden immer live zur vollen Stunde ausgestrahlt, sodass dauernd neue Skripte für die Sprecher erstellt werden mussten. Neben dem Nachrichten-Desk befanden sich Monitore, auf denen die Nachrichtensender im Großraumgebiet um Tokio liefen, und auf dem länglichen Tisch darunter standen eine Reihe PCs und elektrische Schreibmaschinen. Was daneben ratterte, waren zwei Fax-Ticker, die Meldungen der großen Nachrichtenagenturen aufzeichneten.

Der Redakteur mit dem grau melierten Haar, der mich zu sich gebeten hatte, reichte mir die Hand zur Begrüßung: »Schön, dass Sie bei uns sind.«

Ich ergriff seine Hand und bedankte mich.

Er entschuldigte sich im Voraus: »Tut mir leid, ich werde Ihnen zunächst eine ziemlich anspruchslose Tätigkeit zuweisen.« Dann führte er mich zu den Tickern.

»Wie Sie sehen können, erreichen uns die Meldungen von den Nachrichtenagenturen auf diesem Weg. Den Fax-Nachrichten entnehmen wir erwähnenswerte Ereignisse oder Unglücke. Wir wählen dann aus, was für die Sendung relevant ist. Gegebenenfalls sind weitere Recherchen nötig, um aus einem Thema einen Nachrichtenbeitrag zu machen. Der Sprecher liest die Beiträge schließlich vom Manuskript ab. Der Kommentator ordnet die Nachrichten ein. Soviel zu den Grundlagen. Aber das Programm beschränkt sich nicht auf klassische Nachrichten. Es gibt Meldungen, die Ihnen vielleicht belanglos erscheinen mögen, sich aber beruhigend auf die Gemüter der Zuhörer auswirken. Vor einer Weile haben wir eine Geschichte über eine Ziege gebracht, die in einem Wohnkomplex gehalten wurde, damit sie das Unkraut dort frisst. Die Kinder unter unseren Hörern lieben sie. Und da war die Rentnerin, die vierzig Jahre lang in grüner Uniform als Schülerlotsin aktiv war. Auch solche Nachrichten sind durchaus von Belang, vor allem in den Panoramasendungen.«

Von den ratternden Tickern, die die Papierstreifen wie Lebewesen ausspuckten, zog der Redakteur mit mir weiter in den Nachbarraum.

»Hier ist dann Ihr Arbeitsplatz.«

Ein kleiner Tisch mit einem Stuhl stand darin, daneben ein großer Pappkarton mit gefalteten Papierstreifen, den Ticker-Meldungen.

»Das ist die gesamte Flut an Nachrichten, die uns die Agenturen letzte Woche geschickt haben. Die bereits erledigten Meldungen sind rot umkringelt. Ich möchte, dass Sie den Rest durchforsten auf der Suche nach einer herzerwärmenden Geschichte, die wir in einer der Panoramasendung bringen können. Ganz egal, wie klein die Meldung ist und wie viel Sie zusätzlich recherchieren müssen. Sie sollten möglichst drei vielversprechende Meldungen pro Tag herausfischen und jeweils zu einer kompletten Nachricht vervollständigen. Entschuldigen Sie, es ist mir etwas unangenehm, einem jungen Mann wie Ihnen diese Art Arbeit zuzumuten.«

»Aber nein! Ich kümmere mich gern darum.«

Meine Antwort war nicht geheuchelt. Ich hatte das Gefühl, auf diesen ziehharmonikaartig gefalteten Papierstreifen könnte sich faktisch alles offenbaren, was in der Welt geschah, alles, was die Menschen so umtrieb. Wenn sich daraus ableiten ließe, was den Menschen ausmachte, dann wäre das vortrefflicher Stoff für meine Drehbücher. Eventuell erhielt ich darüber hinaus weitere Anregungen für meine lyrischen Experimente. Mir gefiel auch, dass ich selbstständig recherchieren und schreiben durfte. Der Arbeitsraum war zwar winzig, aber ich hatte das Gefühl, dass ich hier schalten und walten konnte, wie ich wollte.

Vom Redakteur aufgefordert, mich an die Arbeit zu machen, legte ich mir die komplette Ausbeute des Vortages auf den Tisch. Ich las sämtliche Meldungen seit vergangener Mitternacht. Über politische Machtkämpfe und Ereignisse, die die Welt in Aufruhr versetzten, bis hin zu Verkehrsunfällen mit lediglich Leichtverletzten fand sich hier alles. Mir wurde schnell klar, dass es kein leichtes Unterfangen war, all die Meldungen zu durchforsten, auch wenn ich mich nur um die nicht rot markierten kümmern musste. Ich sollte mir unbedingt einen gewissen Rhythmus bei der Lektüre aneignen.

Und dann, als ich gerade dabei war, die Meldungen der Nacht abzuarbeiten, fiel mir plötzlich das Wort »Karinka« ins Auge. Ich hielt inne. Einen Moment lang verschwamm mein Sichtfeld.

Gestern Abend ereignete sich in der Gaststätte Karinka im Bezirk Shinjuku ein Fall von schwerer Körperverletzung, bei dem eine Angestellte mit einem Messer auf einen Gast einstach. Einige Gäste überwältigen die junge Frau und konnten sie festhalten, bis die Polizei am Tatort eintraf. Das Opfer wurde infolge der Stiche in den Bauch ernsthaft verletzt. Mutmaßliche Täterin ist die Angestellte Eri Murai (22). Das Motiv für die Tat ist noch ungeklärt.

Ich las den Artikel mehrfach, weil ich anfangs glaubte, es müsse sich um einen Irrtum handeln. Vielleicht gab es ja noch eine andere Bar namens Karinka. Ich kannte auch keine Angestellte, die Eri Murai hieß. Aber unterhalb der Meldung waren mit Kugelschreiber die Adresse und die Telefonnummer der Kneipe hingekritzelt. Irgendjemand aus der Redaktion hatte sie dort notiert. Die Anschrift war zweifellos identisch mit dem Karinka, wo der Plan der Katzen an den Kühlschrank gepinnt war.

Aber wer war diese Eri Murai?

Das Nachrichtenfax in der Hand, rannte ich hinüber zum runden Tisch. Der Redakteur, der mich in meine Arbeit eingewiesen hatte, schaute mich verwundert an.

»Was ist denn?«

»Verzeihung, diese Nachricht, ich meine die rot umkringelte, ist doch gesendet worden, oder?«

Er griff nach dem Blatt.

»Ach, das da. Die wurde heute früh gesendet. Das war in Golden Gai, nicht?«

»Ja, ich glaube.«

»Danach kamen keine neuen Meldungen mehr über den Vorfall herein. Keine Ahnung, was daraus geworden ist. Eine junge Frau sticht mit einem Messer auf einen Gast ein. Irgendeinen Grund dafür muss es ja geben. Kennen Sie den Laden?«

»Hm … ja …«

»Aha. Wollen Sie dort mal nach dem Rechten schauen, heute Abend?«

»Ja.«

Ich ging zurück in mein Zimmer, konnte mich aber nicht mehr auf die Arbeit konzentrieren.

Ich war schon eine Zeit lang nicht mehr im Karinka gewesen, da ich mich von der Prügelei mit Nagasawa erholen musste. Und Yume-chan hatte sich seit unserem letzten Treffen nicht mehr bei mir gemeldet. Bei der Verdächtigen Eri Murai musste es sich um eine Aushilfskellnerin handeln, die erst kürzlich eingestellt worden war, redete ich mir ein. Es war sicher bloß ein purer Zufall, dass beide Frauen im gleichen Alter waren. Ganz bestimmt. Vermutlich waren Yume-chan und der Geschäftsführer Isao ziemlich mitgenommen nach dem Skandal. Ich konnte mir gut ausmalen, wie sie sich fühlten, und fieberte meinem Dienstschluss um 17 Uhr entgegen.

Als ich auf dem Yasukuni-Boulevard aus dem Taxi stieg, war der Himmel über Shinjuku schon dunkel, und die Straßenbeleuchtung strahlte. Ich durchquerte den Bezirk des Hanazono-Schreins und stieg die Treppe hinab, mit Blick auf Golden Gai.

Nachdem ich ein paar Stufen genommen hatte, blieb ich stehen. Die Szenerie hatte sich verändert.

Die Hotelruine, die sonst mitten in Golden Gai aufgeragt hatte, existierte nicht mehr. Stattdessen gähnte dort nun eine klaffende Lücke, durch die man die Love-Hotels im Kabuki-Viertel überblicken konnte.

Erstaunlich, wie schnell der Abriss vonstattengegangen war.

Das Zimmer, in dem Yume-chan und ich uns umarmt hatten. Der Ort, an dem wir uns, umringt von den Katzen, geküsst hatten. Das Halbdunkel, wo wir verabredet hatten, einen gemeinsamen Gedichtband zu verfassen. Komplett verschwunden.

Vom Treibsand verschluckt, so wie ich es in jener Nacht vorausgeahnt hatte. Die Ruine war weg. Mit ihr auch der Ausblick auf die Kulisse von Golden Gai. Alles ward zu Staub.

Schließlich stand ich vor dem Karinka. Der Laden war zu. »Vorübergehend geschlossen« hatte jemand auf einem Zettel gepinselt, der an der Glastür klebte.

Ein kalter Wind blies durch die Straße. Ich stand einfach nur da, während die Minuten verstrichen.

Bestimmt würde irgendwann jemand aufkreuzen. Wenn einer der Stammgäste kam, könnte er mir berichten, was vorgefallen war. Wahrscheinlich würde sogar Yume-chan selbst hier erscheinen. »Entschuldige die Unannehmlichkeiten«, würde sie dann sagen und mich hereinbitten.

Auf jeden Fall sollte ich hier warten. Bis irgendjemand vorbeikam.

Ich stand, die Augen geschlossen, gegen die Glastür

gelehnt, als ich Stimmen hörte. Vielleicht war ich sogar ein wenig weggedöst.

Vor mir standen Isao und Natasha. Sie schauten mich direkt an.

»Tut mir leid, wir haben nicht geöffnet«, entschuldigte sich Isao.

»Ja, das weiß ich.«

»Yume-chan hat etwas Schreckliches getan«, brach es direkt und unmissverständlich aus Isao heraus.

»Yume-chan?«, fragte ich zurück.

Natasha nickte und schloss die Lider.

»Aber in den Nachrichten war doch von einer Eri Murai die Rede …«

»Ja, das ist Yume-chans richtiger Name.«

»Ach …«

»Du weißt, was passiert ist, oder?«

»Hm … na ja …«, antwortete ich vage auf Natashas Frage.

Isao merkte wohl, dass ich kaum eine Ahnung hatte, und setzte mich in Kenntnis: »Wir kommen gerade vom Verhör bei der Polizei zurück. Yume-chan hat auf Sasaki-san eingestochen. Zum Glück schwebt er nicht in Lebensgefahr.«

Sasaki war Vogelnests bürgerlicher Name.

»Aber wieso?«

Isao verschränkte die Arme vor der Brust.

»Tja, wieso … Das wird sich nun bald herausstellen«, sagte er.

»Ich weiß, warum. Ich habe eben im Verhör schon

gesagt, was ich über die Sache denke«, erklärte Natasha.

»Tatsächlich?«, wunderte sich Isao.

Isao blickte zu Natasha, während ich stumm vor ihnen verharrte.

»Na ja, es war vermutlich nicht leicht für sie, mit ihm zusammenzuleben«, räumte Isao ein.

»Das denke ich auch«, erwiderte Natasha, den Kopf leicht gesenkt, auf Isaos Bemerkung.

In meinem Kopf tauchte plötzlich ein schwarzer Fleck auf, der augenblicklich anschwoll.

»Zusammenleben, wer denn?«

»Wusstest du das nicht?«

Natasha schaute zu mir hoch.

»Yume-chan und Sasaki-san haben sich eine Wohnung in Ikebukuro geteilt.«

»Es war nicht das, wonach es aussieht.«

Isao legte mir seine Hand auf die Schulter, während ich stocksteif dastand. Seine Finger zitterten nicht, vielleicht hatte er an diesem Tag mal nicht getrunken.

»Die polizeiliche Durchsuchung im Karinka ist abgeschlossen. Sollen wir reingehen und etwas trinken? Wir müssen überlegen, wie es nun weitergeht.«

Isao schloss die Eingangstür auf. Ich folgte seinem Wink und betrat den Laden. Die Laterne flackerte auf. Zum ersten Mal erlebte ich im Karinka, dass niemand am Grill stand. Der Plan der Katzen hing nach wie vor am Kühlschrank.

11

Wenn ich heute auf jenen Tag zurückblicke, spüre ich immer noch den Aufruhr tief in meinem Herzen. Sogar die Gesichter der Katzen auf dem Plan am Kühlschrank wirkten auf mich anders als sonst. Sie schienen mich hilflos anzuschauen, als wollten sie verzweifelt klagen: »Was soll nur aus uns werden?«

»Yume-chan ist im Heim aufgewachsen.«

Sobald er am Tresen saß, platzte Isao damit heraus.

Sein Tonfall klang schroff, vielmehr als hegte er einen inneren Groll, als dass er ein Geheimnis ausplauderte.

»Ich weiß«, erwiderte Natasha. Ich nickte schweigend neben ihr.

»Du wusstest das auch?«

Isao blickte mich an, während er nach seinem Krug Hoppy langte, auf dem sich eine Schaumkrone gebildet hatte.

»Ja.«

»Und woher?«

»Sie selbst hat es mir erzählt.«

»Tatsächlich?«

Isao schaute mich erstaunt an und trank einen weiteren Schluck aus seinem Glas.

»In solchen Heimen darf man meistens bloß bis zum Alter von achtzehn Jahren bleiben. Yume-chan hat wohl die Oberschule abgebrochen, bevor sie ganz allein nach Tokio kam. Sie hat sich an einen Bekannten ihrer verstorbenen Großmutter gewandt. Dann hat sie in Ueno einen Job angenommen, bei einem Süßwaren-Großhandel. Obwohl sie damals noch keine zwanzig und damit minderjährig war, war sie außerdem in einer Karaoke-Bar als Aushilfe tätig. Dort hat sie dann Sasaki-san kennengelernt.«

Die Goldzähne von Vogelnest blitzten vor meinem inneren Auge auf.

»Yume-chan ist natürlich viel jünger als er, sie könnte seine Tochter sein. Aber offenbar hat er sich in sie verliebt. Ihm war durchaus bewusst, dass Yume-chan ziemlich viel durchgemacht hat. Sie hat sich jedenfalls auf ihn eingelassen. Übrigens gab es auch damals schon einen Vorfall, in dem es um Körperverletzung gibt.«

»Ja, davon hat sie mir erzählt«, warf Natasha ein. Sie hob den Kopf, nachdem sie die ganze Zeit vornübergebeugt dagesessen hatte. Mir nicht, dachte ich.

Beide senkten auf einmal ihre Stimmen.

»Sie hatte einen ekelhaften Chef. Der hat versucht, sie in der Karaokebar zu vergewaltigen«, fuhr Natasha fort.

»Ja, er soll angeblich über sie hergefallen sein, als sie nach Dienstschluss den Laden sauber machte«, ergänzte Isao.

»Genau. Und dann hat er sich an ihr vergriffen. Yume-chan hat sich gewehrt und mit dem nächstbesten greifbaren Gegenstand, einem Messer oder einer Gabel, auf ihn eingestochen. Der Typ hat sich an den Hals gegriffen, wild gezappelt und eine Menge Blut verloren. Yume-chan glaubte, er würde sterben, und hat dann selbst einen Rettungswagen gerufen und die Polizei alarmiert. Der Mistkerl hat überlebt und später behauptet, es sei ein einvernehmlicher Kontakt gewesen. Er wurde zwar vor Gericht gestellt, aber Yume-chan hat man ebenfalls wegen Körperverletzung angeklagt.«

»Hm, nicht zu fassen. Faktisch war es doch Notwehr, oder?«

Ich hatte geglaubt, eine Selbstverständlichkeit zum Ausdruck zu bringen, aber Isao sah das offenbar nicht ganz so klar.

»Vielleicht. So oder so hat sie zugestochen. Das lässt sich nicht wegdiskutieren.«

»Aber …«

»Die Einzelheiten kenne ich auch nicht. Auf jeden Fall hat man Yume-chan den Prozess gemacht, woraufhin sie eine Bewährungsstrafe erhielt. Es war Sasaki-san, der in dieser Zeit nach ihr gesehen und sie unterstützt hat. Er hat ihr auch den Job hier im Karinka vermittelt. Vor drei Jahren ist sie mit neunzehn zu uns gestoßen. Anfangs hat sie niemandem vertraut, weil sie so viel durchgemacht hat, schätze ich.«

Eine Yume-chan, die ich nicht kannte, nahm durch Isaos Erzählung lebhaft Gestalt an. Mir war, als würde ich sie vor mir sehen, die Blutergüsse an ihren Armen, wo der Kerl sie gepackt hatte, und ihre schmerzerfüllte Stimme hören. Ich kniff die Augen noch fester zusammen.

»Wahrscheinlich hat sie in Sasaki-san eine Art Vaterfigur gesehen«, ergänzte Natasha.

Isao nickte diesmal nicht. Er leerte seinen Krug mit Hoppy und stellte ihn auf den Tresen zurück.

»Aber letzten Endes waren sie doch ein Paar. Obwohl Sasaki-san ja eigentlich eine Familie hat. Er hat für Yume-chan in Ikebukuro ein Apartment gemietet, um sich dort mit ihr zu vergnügen, nehme ich an. Sasaki-san behandelt Frauen gut, vielleicht hat Yume-chan der gewaltige Altersunterschied deshalb nicht gestört.«

Ich wünschte mir, er würde nicht in dieser Weise über die beiden reden. Ich hatte das Gefühl, als würde jemand auf der frisch erblühten Blume meines Herzens herumtrampeln.

»Aber es gibt jemanden anderen, in den Yume-chan verliebt ist.«

Wahrscheinlich war mir das herausgerutscht, weil ich Isao davon abhalten wollte, noch mehr von Vogelnest und Yume-chan zu erzählen.

»Sie ist verliebt in jemanden?«

Darauf gefasst, gefragt zu werden, woher ich das wüsste, platzte ich gleich damit heraus: »Eine der Katzen trägt den gleichen Namen wie der Mann. Er heißt Shōta.«

»Ach so …«

Isao schüttelte den Kopf.

»So heißt doch …«

Natasha blinzelte mich an.

»Das ist Yume-chans jüngerer Bruder.«

»Ihr jüngerer Bruder?«

»Ja. Shōta ist ein Jahr jünger als sie und wohnte nicht wie sie bei der Großmutter, sondern bei der Mutter. Er hat sich aber mit dem Stiefvater nicht gut verstanden. Deshalb ist er nach der Mittelschule von zu Hause abgehauen. Seitdem ist der Kontakt zu Yume-chan auch abgebrochen. Sie sagt, sie wisse nicht einmal, ob er noch lebt.«

»Ihr jüngerer Bruder?«, murmelte ich, immer noch verwundert.

»Ja. Sie hat mir mehrfach von ihm erzählt. Wir waren ja ein paar Mal gemeinsam aus. Er habe so ein hübsches Gesicht, hat sie geschwärmt. Sie würde immer nach ihm Ausschau halten, aber tatsächlich habe sie keine Ahnung, wo er stecken könnte«, erzählte mir Natasha.

»Tja, wer weiß. Auf jeden Fall sind ihre Lebensumstände ziemlich übel«, schaltete sich nun Isao wieder ein und seufzte hörbar.

»Yume-chan hat Sasaki-san wahrscheinlich schon gemocht und wusste zu schätzen, dass er sich um sie kümmert. Aber es war ja nicht nur der Altersunterschied ... Es konnte einfach nicht gut gehen zwischen einem Immobilienspekulanten und einer jungen Frau, die eigentlich gern Dichterin sein wollte.«

»Aber das, was gestern passiert ist, ist allein Sasaki-sans Schuld«, insistierte Natasha.

»Ich war ja bei diesem Gemetzel nicht dabei, deshalb kann ich nichts dazu sagen«, erwiderte Isao. Seiner

Miene nach zu urteilen, wollte er die Fortsetzung der Geschichte so oder so lieber nicht hören, aber Natasha sprach einfach weiter.

»Nein, Sasaki-san hat sich definitiv danebenbenommen.«

Ich hielt es nicht mehr aus.

»Was ist denn genau passiert?«

»Das kann ich dir sagen. Ich wurde heute vernommen, weil ich Zeugin am Tatort war. Außer mir waren gestern Mister Stahlhart und Lalala-san im Karinka, und Sasaki-san hing da hinten mit ein paar sehr dubiosen Leuten rum.«

Natasha zeigte auf die Plätze am Ende des Tresens.

»Sie haben sehr laut gesprochen, sodass ich hören konnte, was gesagt wurde. Es ging um das Love-Hotel gegenüber. Die Männer waren offenbar an dem Abriss beteiligt. Von Yume-chan wusste ich, dass sich dort der Schlafplatz für ihre Katzen befand. Und die Männer sind dort wohl auch auf ein ganzes Rudel Katzen gestoßen, als sie das Gebäude vor dem Abriss inspiziert haben, und auf zahlreiche Beutel mit Katzenfutter, obwohl das Grundstück eigentlich zur Sperrzone erklärt worden war. Es war damit verboten, die Ruine zu betreten. Einer der Männer regte sich darüber auf, dass die Zahl der dreckigen, streunenden Katzen ständig zunehme, weil sie von manchen Menschen verhätschelt würden. Aber trotzdem warf er Sasaki-san vor, dass er so grausam gehandelt hatte.«

Isao streckte seinen Kopf vor.

»Was meinte er damit?«

»Es befanden sich wohl auch Katzenjunge dort. Irgendwo in der Ruine. Ihre Augen waren noch geschlossen. Die Mutter hat versucht, sie zu verteidigen, aber sie wurde fortgejagt. Die Männer haben sich den Kopf darüber zerbrochen, was sie mit den neugeborenen Tieren anstellen sollten. Erwachsene Katzen überleben, auch wenn man sie vertreibt, aber neugeborene Kätzchen?«

Ich schaute zu dem Plan der Katzen am Kühlschrank und betrachtete das Gesicht von Muku, der Sabatora.

»Jemand hatte wohl vorgeschlagen, man sollte das Amt verständigen, die würden sich vielleicht darum kümmern, aber Sasaki lehnte ab, es sei die Mühe nicht wert. Er hat die Kätzchen einfach in eine Plastiktüte gesteckt, sie fest verschnürt und sie darin ersticken lassen.«

»Uah ... echt?«

Isao reagierte mit einem Aufschrei, während ich das Gefühl hatte, etwas sei mir in der Kehle stecken geblieben.

»Als der Mann die Szene zu Ende geschildert hatte, fing Yume-chan in der Küche an zu schreien: ›Ist das wahr? Ist das wahr?‹ Ab da geriet die Sache außer Kontrolle. Sie brach in Tränen aus. Sasaki-san hätte sich eigentlich bei ihr entschuldigen müssen, aber stattdessen hat er sie wütend beschimpft: ›Du stinkst nach Katzen. Halt endlich dein Maul, du Katzenschlampe!‹ So in der Art. Daraufhin stürmte Yume-chan mit einem Messer aus der Küche. Sasaki-san hat zwar versucht, sie abzuwehren, aber sie stach ihm, ohne zu zögern, in den Bauch. Der Stich ging wohl sogar durch seine Hand hindurch. Dann haben wir gemeinsam Yume-chan überwältigt und sofort die Polizei und einen Rettungswagen gerufen.«

»Hast du das bei der Vernehmung so erzählt?«

»Ja, habe ich. Meine Aussage wurde schriftlich protokolliert. Der Polizeibeamte schien davon auszugehen, dass es auch Eri Murai war, die die Ruine unbefugt betreten und die Katzen gefüttert hatte. Wieso musste das alles nur so eskalieren?«

Natashas Stimme bebte, und sie drückte die Fingerspitzen auf die Augenwinkel.

»Mensch, Yume-chan. Was brockst du dir bloß immer für Sachen ein? Wie mag es ihr wohl jetzt ergehen? Sie hat bestimmt Angst.« Isaos Stimme klang verzweifelt.

Ich schwieg und starrte auf den Plan der Katzen. Mametarō, Chef, Toto und Coco. Und Muku. Ihre Gesichter verschwammen. Ich konnte nicht gegen meine Tränen ankämpfen.

Aber mir war ebenso klar, dass Jammern und Weinen allein nicht half.

Ich musste Yume-chan da rausholen. Das war mein fester Entschluss.

Aber so einfach war das nicht.

Ich hatte nicht gewusst, dass man jemanden, der in Untersuchungshaft sitzt, nicht besuchen darf. Außerdem war ich weder ein Familienangehöriger noch ein Mitarbeiter im Karinka. Für einen Außenstehenden war ich lediglich ein regelmäßiger Gast in der Kneipe, in der Yume-chan einen Teilzeitjob verrichtet hatte. Es gestaltete sich schwierig, eine Besuchserlaubnis zu bekommen.

Die erste Begegnung fand erst statt, als der Anwalt eines Bekannten von Isao Yume-chans Verteidigung übernahm und sie in die Haftanstalt überführt wurde.

Bei meinem Besuch wurden wir von einer dicken Acrylglasscheibe getrennt. Ich war noch nie an einem solchen Ort gewesen, und so war ich, auch wegen meiner aufgestauten Gefühle, den Tränen nahe, als mich ein Wärter zu ihr führte. Schließlich tauchte sie in ihrer schwarzen Kluft vor mir auf, doch sie schaute weg, wollte offenbar keinen Blickkontakt mit mir. Zuerst dachte ich, es sei wegen der Wärter, die uns zusammenführten, aber sie gab mir auch keine Antwort auf das, was ich zu ihr sagte.

Es war die gleiche Miene wie damals, als ich zum ersten Mal, eher durch Zufall, die Glastür zum Karinka aufgeschoben hatte. Völlig ausdruckslos, nicht mal ein kleines Lächeln – so war sie mir an jenem Abend entgegengetreten, so sah ich sie auch jetzt.

Ich verlor kein Wort über die Katzen, da der Wärter sich Notizen machte. Erwähnte weder den Plan der Katzen noch unser gemeinsames Vorhaben, Gedichte zu schreiben. Ich sagte nur: »Wenn alles vorbei ist, sehen wir uns wieder. Dann gehen wir türkisch essen.«

Yume-chan nickte nicht einmal, ihr linkes Auge zuckte lediglich. Dann wandte sie sich an den Wärter neben mir und sagte laut und deutlich, damit auch ich es mitbekäme: »Pardon, ich kenne diese Person kaum. Mir ist das hier lästig.«

Der Gefängniswärter neigte verwundert den Kopf.

»Tja, da kann man nichts machen«, wandte er sich an mich.

»Yume-chan ...«

Ich konnte nicht glauben, was da gerade geschah, und berührte das Acrylglas. In dem Augenblick schaute Yume-chan mir ins Gesicht.

»Ich möchte das nicht. Kommen Sie bitte nicht wieder.«

Ihr linkes Auge erfasste mich nun endlich, aber es war ein kalter, matter Augenstern.

Ich nickte mehrmals, schnappte nach Luft.

»Entschuldige die Störung«.

Mit diesen Worten stand ich auf. Jenseits der Scheibe erhob sie sich ebenfalls und kehrte in den Korridor zurück, flankiert von einem anderen Wärter.

An die anschließende Rückfahrt kann ich mich kaum erinnern. Ich bin weder nach Takadanobaba noch nach Shinjuku gegangen, sondern in einem unbekannten Viertel in einer unbekannten Kneipe gelandet, wo ich mich betrank, um dann in einem Park in der Nähe auf einer Bank beim Betrachten der Sterne einzuschlafen.

Was mochte in Yume-chan vorgegangen sein? Damals hatte ich keinen blassen Schimmer. Ich hatte das Gefühl, dass die Stunden, die wir gemeinsam in der Ruine verbracht hatten, vom allgegenwärtigen Treibsand mitgerissen und verschluckt worden waren. Auch das Viertel Shinjuku zerbröckelte und verwandelte sich in Treibsand, genau wie wir beide, die wir doch fest aneinander glauben sollten. Das waren meine unvermeidlichen trübsinnigen Gedanken.

Ich schickte Yume-chan Briefe in die Haftanstalt. Die Katzen erwähnte ich darin nicht, weil ich wusste, dass die Post von der Gefängnisverwaltung geöffnet wurde. Mir war klar, dass die Tatsache, dass Yume-chan widerrechtlich in eine Ruine eingedrungen war und dort Straßenkatzen gefüttert hatte, in der Verhandlung zur Sprache kommen würde. Aber es war auch problematisch, die Katzen in meinen Briefen unerwähnt zu lassen. Wir hatten es ja gerade ihrer Existenz zu verdanken, dass wir uns getroffen, umarmt und versprochen hatten, einen Gedichtband zu verfassen. Ohne die Katzen gab es nicht viel zu besprechen. Ich verschickte Briefe mit banalem Inhalt, schrieb über meine Arbeit und darüber, was die Stammgäste so trieben. Ich wollte Yume-chan zu verstehen geben, dass ich für sie da war, egal, was passierte.

Eine Antwort kam jedoch nie zurück. Ich war mir nicht einmal sicher, ob sie die Briefe überhaupt erhielt. Also begann ich, mich in meine Arbeit zu stürzen.

Damals wurde rund um die Uhr Bericht erstattet über die Situation der nach Kambodscha entsandten japanischen Blauhelmsoldaten und UNO-Friedenstruppen. Eine meiner Aufgabe bestand darin, die in Japan verbliebenen Angehörigen zu interviewen.

Alle hofften darauf, dass die Jungs mit heiler Haut davonkämen, denn falls sie von den Guerillas angegriffen wurden, drohte auch die Möglichkeit eines Krieges außerhalb des verfassungsrechtlichen Geltungsbereichs. Es war offensichtlich, dass Japans Zukunft sich an einem kritischen Punkt befand.

»Wenn möglich möchten wir dich nach Kambodscha schicken«, teilte mir der Redakteur von Wakaba Radio eines Tages mit.

Im Gegensatz zu den großen Fernsehanstalten hatten die Radiosender keine Auslandsbüros. Die Korrespondenten wurden von den Nachrichtenredaktionen jeweils eher spontan zu Einsätzen delegiert. Nun herrschte bei Wakaba Radio ständiger Personalmangel, und von den Vollzeitmitarbeitern konnte man keinen ins Ausland entsenden. Deshalb fiel die Wahl schließlich auf mich.

Noch blieb mir aber etwas Zeit. Während ich weiterhin Angehörige der Soldaten der UN-Friedensmission interviewte, bereitete ich mich auf den Aufenthalt in Kambodscha vor. Ich lernte das kambodschanische Silbenalphabet und kramte Lehrbücher aus meiner Schulzeit hervor, um mein Englisch aufzufrischen.

Yume-chans Prozess fand mitten in dieser turbulenten Phase statt. Ich bekam zunächst nichts davon mit. Als meine Entscheidung, nach Kambodscha zu gehen, feststand, ließ ich mich mal wieder im Karinka blicken. Ich wollte der Angst entfliehen, bald über Minenfelder laufen zu müssen. Bei der Gelegenheit erfuhr ich die Neuigkeiten von Isao und Natasha. Sie erwähnten, dass sie vor Gericht als Zeugen vorgeladen worden waren.

Mir war, als prasselte eine eiskalte Dusche auf mich nieder. Das Gefühl, außen vor zu sein, überkam mich.

Aber in der vollen Kneipe hielt ich zunächst den Mund und traute mich erst nachzufragen, als die letzte Bahn nahte und die meisten Gäste schon verschwunden waren. Geta-Rocker und Tamago-san saßen noch am Tresen, aber wir redeten nicht miteinander. Selbst als sie auf Yume-chan zu sprechen kamen, schwieg ich eisern und starrte nur auf den Katzenplan am Kühlschrank.

»Sie wird nicht auf Bewährung herauskommen«, berichtete Isao.

Nachdem Natasha schließlich zu ihrer Spätschicht aufgebrochen war und nur noch ein einzelner Betrunkener am Tresen hockte, war Isao näher an mich herangerückt und setzte mir nun im Flüsterton die Einzelheiten auseinander: »Der Richter hat mildernde Umstände eingeräumt, aber wegen ihrer Vorstrafe ist sie zu drei Jahren Haft verurteilt worden. Der Anwalt meint allerdings, sie muss wahrscheinlich nur die Hälfte absitzen.«

»Nur die Hälfte? Aber das sind immerhin anderthalb Jahre. So eine lange Zeit ... Arme Yume-chan!«

»Yume-chan hat vor Gericht erzählt, was sie alles erlebt hat. Dass sie von ihren Eltern im Stich gelassen wurde. Dass sie ihren Bruder aus den Augen verloren hat. Dass sie während ihrer Zeit im Heim gelernt habe, Katzen mehr zu vertrauen als Menschen. Dass sie sich im Abriss-Hotel in einem Zimmer um die Katzen gekümmert hat. Dass die Katzen ihre eigentliche Familie seien. Und dass sie all das Katzenfutter allein besorgt und dort gelagert hat.«

»Wie ... allein ...?«

»Das hat sie zumindest gesagt. Dass sie das ganze Futter gekauft hat.«

Ich hätte dem gern widersprochen, brachte jedoch keine einzige Silbe heraus. Yume-Chan hatte mir zuliebe gelogen. Sie hatte mich nicht mit in die Geschichte hineinziehen wollen. Schweigend trank ich das starke Hoppy-Gebräu, das Isao mir gemixt hatte. Die Katzengesichter auf dem Plakat verschwammen vor meinen Augen, ohne dass ich mich dagegen wehren konnte.

An diesem Abend ließ sich keine der echten Katzen am Fenster blicken. Während er die Hoppy-Krüge abtrocknete, brummte Isao nur kurz: »Jetzt kommen wohl keine Katzen mehr, nachdem das Hotel weg ist und Yume-chan ebenfalls.«

Dann brach ich nach Kambodscha auf.

Meine Arbeit dort zog sich über etwa einen Monat hin. In dem Land, in dem über zwanzig Jahre lang Massaker stattgefunden hatten, waren nun internationale Friedenstruppen stationiert, um die gegnerischen Fraktionen zu entwaffnen. Ich konzentrierte mich auf die Befragung der Flüchtlinge, die aus den Lagern an der thailändischen Grenze allmählich wieder in ihre Heimat zurückkehrten. Ich sah Verwundete, die durch Tretminen Gliedmaßen verloren hatten. Darunter waren auch Kinder mit amputierten Händen, die Opfer von als Spielzeug getarnten Sprengsätzen geworden waren. Mit ihnen teilte ich die Mahlzeiten im von der UNO eingerichteten Camp.

Während ich den Sonnenuntergang über dem Minenfeld betrachtete, dachte ich über mein zukünftiges Leben nach. Sollte ich über meine Erfahrungen wirklich einfach nur Bericht erstatten? Wäre es nicht auch denkbar, ein ganzes Buch darüber zu schreiben, um meine Erlebnisse auf ganz andere Art mitzuteilen? Ich dachte immer noch über die Methode nach, »sich an einen Einzelnen zu richten«, wie mir Yume-chan in der Ruine ans Herz gelegt hatte.

Am Tag meiner Rückkehr aus Kambodscha fuhr ich nicht sofort nach Hause, sondern schlenderte durch Shinjuku. Ich wollte ins Karinka.

Isao stand allein am Grill. Nachdem ich ihm eine Weile von meinen Erlebnissen und den Minenfeldern erzählt hatte, fragte ich, ob die Katzen wieder aufgetaucht seien. Isao schüttelte den Kopf.

»Ganz selten schaut mal eine hier rein ...«

Isao wies zum Fenster.

»Mametarō, Hanayo, vielleicht noch Pop. Aber von den anderen kommt tatsächlich keine mehr. Obwohl es doch früher so viele waren.«

Wir blickten beide zum Kühlschrank. Einen Moment lang betrachteten wir schweigend den Plan der Katzen, der immer noch dort hing.

»Der Anwalt hat mir übrigens ausrichten lassen ...«

Isao reichte mir einen Krug mit einem starken Hoppy.

»Bei einem Besuch bei ihr habe sie ihm mitgeteilt, dass sie uns nicht mehr sehen will. ›Nicht mehr‹ heißt eigentlich ›nie mehr‹.«

Ich senkte den Blick auf das das bernsteingelbe Gebräu in meinem Krug.

»Warum das denn?«

»Ich weiß es nicht. Irgendetwas ist wohl in ihr zerbrochen. Sie hat das verloren, woran sie mit aller Kraft geglaubt hat. Wahrscheinlich denkt sie jetzt erst recht, dass Katzen besser als Menschen sind.«

Ob sie auch das Vertrauen in mich verloren hatte? Eigentlich wollte ich die Frage laut aussprechen, behielt sie dann jedoch für mich. Das, was geschehen war, und das, was Yume-chan in ihrem Innern fühlte, waren zwei verschiedene Dinge. Daran hielt ich immer noch fest.

Aber auch in nächster Zeit geschah nichts, was meine Hoffnung rechtfertigte. Ich schickte ihr weiterhin Briefe, aber es kam nie eine Antwort zurück. Ich beantragte einen Besuch, doch sie lehnte es ab, mich zu sehen.

Der Plan der Katzen blieb am Kühlschrank im Karinka hängen, doch Isao und die Stammgäste hörten bald auf, über Yume-chan zu sprechen.

Eines Abends jedoch, fast drei Jahre nach dem Vorfall, hatte Isao, der sich am Grill betrank, Neuigkeiten mitzuteilen: »Ich habe Natasha und Tamago-san gestern schon Bescheid gegeben. Yume-chan ist aus dem Gefängnis entlassen worden.«

»Wirklich?«

»Mann, ich sag dir, wir haben uns die ganze Zeit solche Sorgen gemacht. Sie hätte ruhig mal anrufen können, um zu sagen, dass sie wieder draußen ist.«

Es gab nur einen weiteren Gast außer mir, Lalala-san. Mit der Flöte in der Hand, hockte er in sich zusammengesunken vor seinem Glas Shōchū. Ich vergewisserte mich, dass er döste, bevor ich Isao fragte: »Wenn nicht von ihr, woher weißt du es dann?«

Isao erwähnte den Namen des Anwalts. Er hatte ihn darüber informiert.

»Und wo wohnt Yume-chan jetzt?«

»Tja, keine Ahnung.«

»Du hast keine Ahnung?«

»Nicht die geringste. Der Anwalt weiß natürlich Bescheid, aber er ist sehr diensteifrig und verschwiegen. Yume-chan will offenbar nicht, dass wir ihren Aufenthaltsort erfahren.«

Ich trank ausnahmsweise mal gekühlten Sake. Mir fiel nichts Gescheites ein, was ich hätte entgegnen können. Also starrte ich bloß in die klare Flüssigkeit in meinem Schälchen.

»Yama-chan, ich muss dich mal was fragen.«

»Ja?«

»Sag, was soll ich damit machen?«

Er wies auf den Plan der Katzen am Kühlschrank.

»Es tut weh, die Katzen ständig vor Augen zu haben. Nicht mal Mametarō lässt sich noch blicken.«

Ich erwiderte nichts darauf. Isao tat so, als würde er kurz überlegen, und warf mir einen Blick zu, der nach meiner Zustimmung heischte, bevor er zum Kühlschrank ging. Plötzlich ertönte eine Stimme: »Vergessen wir sie!«

Es war Lalala-san. Lalala-san, dessen Stimme nur selten zu hören war, da er kaum redete, sondern lieber pfiff, flötete oder Trompete spielte. Den Ellbogen auf den Tresen gestützt, schaute er uns aus seinem zerfurchten Gesicht an, das an einen zerknitterten Lumpen erinnerte. Mit tränenerstickter Stimme wiederholte er: »Vergessen wir Yume-chan!«

Einige Augenblicke verstrichen, bevor Isao wortlos nickte.

»Ja«, stimmte ich zu.

Isao löste den weißen Bogen Papier mit den Illustrationen von siebzehn Katzen vom Kühlschrank. Nachdem er das Plakat eine Weile betrachtet hatte, faltete er es einmal in der Mitte und verstaute es im Regal.

Lalala-san war wieder am Tresen eingenickt. Er hatte uns aufgefordert, Yume-chan zu vergessen, aber ich wusste, dass ich sie nie aus meinen Erinnerungen verbannen würde. Solange ich Texte schrieb, die sich an einen einzelnen Menschen und nicht an die breite Masse richteten, konnte ich die Person nicht vergessen, die mir den Weg dahin aufgezeigt hatte. Aber ich beschloss, Yume-chan unter keinen Umständen mehr aufzusuchen.

Bestimmt wollte sie alles hinter sich lassen, um ein neues Leben zu beginnen. Zu wissen, dass wir an sie dachten, konnte sie da sogar bremsen.

Aus den alten Boxen ertönte Musik – Bob Dylan krächzte »Mr. Bojangles«. An diesem Abend hätte ich lieber Nina Simone gehört, deren Stimme die Dunkelheit umfing.

12

Viele Jahre sind seither ins Land gegangen. Über Shinjuku sind Wolken in allen erdenklichen Formen hinweggezogen, während unzählige Hoffnungen und im gleichen Maße Verzweiflung und Vergessen Gestalt annahmen und wieder vergingen.

Ich verkehre nach wie vor im Karinka.

Als Gast sitze ich jedoch nur noch manchmal am Tresen, öfter bin ich in der Küche.

Wenn es eine entsprechende Bestellung gibt, stehe ich am Grill und wende Paprikas. Am besten sind sie leicht gebräunt, aber nicht zu scharf angebraten.

Das Geheimnis der Zubereitung habe ich von Yumechan gelernt. Das grüne Kämmerchen muss gut gegart sein, nur auf diese Art und Weise ist es richtig. Ich wende die Paprika stets so lange, bis das weiße Innere mit den Samen gut gedämpft ist und das Fruchtfleisch spritzt, wenn man hineinbeißt. Damit die Geheimnisse in den grünen Kämmerchen der Paprikaschoten zu Geschichten werden auf den Zungen derer, die sie verspeisen.

Wenn ich am Grill stehe, kann ich durch die Glastür

das Menschengewimmel draußen auf der Straße beobachten. Seit dem Abriss des Love-Hotels gegenüber wurde das Grundstück immer wieder anders genutzt. Zunächst als Parkplatz, später entstand dort eine tropisch anmutende Strandbar, die nun einem Thermalbad mit Übernachtungsmöglichkeit gewichen ist. Angeblich wurde durch Tiefbohrungen eine natürliche Quelle im Untergrund erschlossen. Aus ganz Japan strömen Touristen herbei, um diese Quelle auch mal auszuprobieren. Anders als in einem Wohnbezirk ist hier im Vergnügungsviertel solch ein reger Zulauf sehr willkommen. Auch in dieser langen, schmalen Kneipe lassen sich immer öfter neue Gesichter blicken, Menschen, die die Glastür aufschieben und neugierig die Nase hereinstecken.

Shinjuku hat sich inzwischen gemausert, finde ich. Es ist nicht mehr das gefährliche Pflaster von einst, mit seinen mafiösen Strukturen. Inzwischen verkehren viel mehr normale Leute in diesem Viertel.

Shinjuku Golden Gai, über das es einst hieß, es würde bald durch Grundstücksspekulationen dem Erdboden gleichgemacht, lockt nun genau wie Tsukiji zahlreiche Touristen aus dem Ausland an. Die Bars haben immer Hochbetrieb, und Betrunkene aus aller Welt tummeln sich hier genauso wie auf den Straßen von New York. »Deep Shinjuku« nennen die ausländischen Touristen diesen Ort, den sie so gern bereisen.

Shinjuku ist zwar im Begriff, sich zu wandeln, aber es bleibt weiterhin ein Ort, an dem sich viele Menschen begegnen.

Und ich bin derweil auch ein paar Jährchen älter geworden.

Als Yume-chan und ich uns in dem Abriss-Hotel gegenseitig Gedichte vorgelesen haben, war ich Mitte zwanzig. Inzwischen ist dies über ein Vierteljahrhundert her, und nun bin ich jenseits der Fünfzig. Die Jahre sind vorbei, in denen ich mit dem Füller in der Hand zum Himmel hochgeschaut und mich betrunken habe.

Auch wenn es damals Zeiten gab, in denen ich so ausgelaugt war, dass mein entleerter Gesichtsausdruck dem einer Wachspuppe glich, war mein Haupt stets mit einem vollen Haarschopf bedeckt, der noch keinen Verfall kannte. Auch als Nagasawa auf mich eingedroschen hat, diente er mir als Schutz für meinen Schädel.

Die Tage, an denen ich als Lyriker und Kinderbuchautor nach Worten gerungen habe, mögen mir den Kopf oft schwer gemacht haben. Meine Haare sind mir zwar geblieben, aber ihre Fülle hat abgenommen. An Regentagen begrüßen mich die Wassertropfen direkt auf meiner Kopfhaut. Nagasawas Schläge wären wohl heute ein wenig schmerzhafter.

Aber Nagasawa kann mich nie wieder piesacken, denn er ist vor mehr als zehn Jahren gestorben. Aus den Nachrichten erfuhr ich, dass ein Selbstmord nicht auszuschließen ist. Oder er hat betrunken Unfug getrieben und ist dabei in die Tiefe gestürzt. Er fiel von der Terrasse einer Bar in einem Hochhaus in Roppongi. Seine Agentur hat der eisbärenhafte Hüne Mori-san übernommen.

Isao weilt auch nicht mehr unter uns. Er ist als kranker Mann gestorben. Seine ungesunde Lebensweise, über deren Konsequenzen er sich stets im Klaren gewesen ist, hat ihm den Garaus gemacht. Überraschend war nur, dass seine Bauchspeicheldrüse der Leber zuvorkam. Als er einen Arzt aufsuchte, war es bereits zu spät.

»Diese Operationen waren die reinste Geldverschwendung. Ich hätte mich davon besser besaufen sollen«, sagte Isao mit einem schwachen Lächeln im Klinikbett.

Sein Tod liegt nun fünfzehn Jahre zurück.

Am Tag seiner Beerdigung stellte ich eine riesige Flasche Shōchū auf sein Grab. Gemeinsam mit seinem Sohn Hiroto hielt ich davor Andacht.

Hiroto, der kurz zuvor die Küche im Karinka übernommen hatte, war nach dem Tod des Vaters völlig überfordert. Sein hilfloses Gesicht hat mich dazu gebracht, ihn hin und wieder am Grill abzulösen. Und da stehe ich nun seit fünfzehn Jahren und wende Paprikaschoten.

Wenn ich nicht im Karinka bin, versuche ich, mit dem knallblauen Füller Zeichen aneinanderzureihen, die entweder Gedichte oder Erzählungen ergeben. Das ist mein anderer Broterwerb. Ebenso wie ein Seiltänzer für seine Darbietung einen Gleichgewichtssinn braucht, benötige ich für mein Metier Fantasie – das Vermögen, aus dem Nichts eine Vorstellung, ein Bild hervorzuzaubern. Dass ich zumindest darüber verfüge, dafür bin ich meinen Eltern und den Myriaden Göttern sehr dankbar.

Nach wie vor bin ich der festen Überzeugung, dass man sein Leben nicht vorhersagen kann. Denn dass einer, der es liebt, Grillpaprika zu verzehren, irgendwann in die Rolle des Zubereiters von Grillpaprika hineinschlüpfen würde, hätte sich der Verzehrer zu seiner Zeit nicht träumen lassen.

Man kann eben nie vorhersehen, was einmal geschehen wird.

Meine Erlebnisse in Kambodscha brachten mich dazu, die Welt zu bereisen. Meine Begegnungen mit Menschen in verschiedensten Ländern habe ich in meiner Gedichtsammlung *People* festgehalten. Seitdem reißt der Faden nicht ab, ich publiziere Lyrik und Kindergeschichten. Die Zahl meiner Leser wächst, sodass einige Bücher bereits in mehrfacher Auflage erschienen sind. Außerdem ziehen meine Lesungen Scharen von Zuhörern an. Ich führe nun ein Leben, das ich mir in meinen atemlosen Zwanzigern nicht hätte vorstellen können.

Kurioserweise war jedoch gerade jene deprimierende Phase meines Lebens, als ich mich von der Gesellschaft ausgeschlossen fühlte, der Ausgangspunkt für mein Erstlingswerk vor einigen Jahren: *Goldene Hortensie – Silberne Hortensie*. Diese Gedichte waren mein Versuch, die Welt mit meiner abweichenden Farbwahrnehmung neu zu erfinden. Jene Jahre, in denen ich am Boden kroch, sind also nicht umsonst gewesen, könnte man meinen.

Es ist ein Allgemeinplatz, dass Lyrik sich nicht gut verkauft. Ein Gedichtband wird nie zum Bestseller, es sei denn, er stammt aus der Feder eines berühmten Schriftstellers. Ein Autor kann sich bereits glücklich schätzen, wenn ein renommierter Verlag seine Lyrik veröffentlicht. Deshalb war ich überaus erfreut, als mein Werk *Goldene Hortensie – Silberne Hortensie* in Nachauflage ging.

Als Autor ist es mir wichtig, nicht nur um mich selbst zu kreisen, sondern auch eine Beziehung zum Leser aufzunehmen, was ich in meinen Gedichten versuche zu berücksichtigen. Ich bin nur einen kleinen Schritt in die Welt hinausgegangen, aber das unmittelbare Gefühl, diesen Schritt vollzogen zu haben, gab meinem Leben mehr Wärme.

Mit den unerwarteten Tantiemen und etwas Gespartem konnte ich meinem Sohn und mir eine Reise nach Vietnam ermöglichen.

So ist es. Man kann nie vorhersehen, was einmal geschehen wird.

Es hängt übrigens wieder ein Katzenplan an der gleichen Stelle wie früher am Kühlschrank im Karinka. Es ist jedoch nicht derjenige, den Isao abgenommen hat, sondern ein neuer Bogen mit Illustrationen. Yume-chan hat ihn gezeichnet.

Letzten Herbst, als sich das Laub der Kirschbäume am Hanazono-Schrein verfärbte, habe ich Yume-chan wiedergetroffen.

Und so hat es sich zugetragen.

Es war an einem Abend gegen zehn Uhr. Die Kneipe war gut besucht, und die Bestellungen wollten kein Ende nehmen. Zu dieser späten Stunde hätte ich den Staffelstab an den Geschäftsführer Hiroto weiterreichen können, aber ich wusste, dass er den Betrieb allein kaum bewältigte, und machte weiter in der Küche.

Einen kurzen Moment lang glaubte ich, draußen vor der Glastür eine weibliche Gestalt zu sehen. Hiroto und ich standen neben der Arbeitsplatte mit den aufgereihten Yakitori-Spießen und waren gerade dabei, Flocken von geschabtem Bonitofisch auf die frisch gegrillten Paprikaschoten zu streuen. Als ich noch mal zur Glastür schaute, war die Gestalt nicht mehr da.

Mir ging das Ganze nicht aus dem Kopf. Schon in den letzten Tagen hatte ich hin und wieder einen Schatten bemerkt, der am Eingang stand und sogleich wieder verschwand.

Ein paar Bonitoflocken rutschten vom Teller. Sowohl die Hintergrundmusik als auch die lebhaften Gespräche der Gäste waren wie von einem Vakuum verschluckt.

Ich überließ Hiroto den Rest der Zubereitung und umrundete eilig die Theke, um zum Eingang zu gelangen, wobei ich einige der Gäste in der langen Hockerreihe anrempelte, ohne mich bei ihnen zu entschuldigen.

Als ich auf die Straße trat, hatte sich die Person bereits vom Eingang entfernt, war aber noch nicht weit gekommen. Sie trug Jeans und darüber ein beigefarbenes Jackett und lief aus Golden Gai in Richtung Yasukuni-Boulevard. Die Schürze immer noch vor dem Bauch, hastete ich hinter ihr her.

Eine blitzartige Vermutung trieb mich an.

Sie ist es.

Oder irrte ich mich, verwechselte ich sie?

Wenn sie es war, wie sollte ich sie ansprechen?

Ich rannte auf die Person zu, die den Kopf gesenkt hatte und etwas langsamer schritt als die anderen Passanten.

»Hallo ... ich bin's, Yamazaki.«

Sie beim Namen zu nennen, wagte ich nicht, falls ich sie verwechselte. Aber die Frau hielt nach meinem kurzen Ruf inne.

»Äh ... ich bin's, Yama-chan.«

Es war wahrscheinlich das erste Mal, dass ich mich selbst so bezeichnete. Eine Hand an der Stirn, drehte sie sich langsam um. Sie trug eine Bobfrisur, das bereits ergraute Haar war nicht gefärbt. Ihr linkes, mandelförmiges Auge erfasste mich für einen Moment, bevor es wieder wegglitt und abschweifte. Erneut blickte sie mich an. Dann legte sie die Hände vor dem Gesicht zusammen.

Bevor ich einen Ton herausbrachte, verging ein Moment, in dem ich mir an die Schürze griff und tief Luft holte. Was in mir hochsprudelte, war zu viel für mich. Am Ende stieß meine brüchige Stimme nur ihren Namen hervor: »Yume-chan.«

Sie verneigte sich vor mir, und ich bemerkte, dass sie leicht zitterte.

»Verzeih mir.«

Ich wusste nicht, wie ich darauf reagieren sollte. Ein Auto hupte. Ich hatte gar nicht bemerkt, dass ich noch auf der Fahrbahn stand.

»Wie schön, dass du wohlauf bist.«

»Wie schön, dass du es bist, Yama-chan.«

Zum ersten Mal nach einem Vierteljahrhundert blickten wir uns gegenseitig in die Augen.

Es gab so vieles, was ich sagen wollte. Aber mein Sprachzentrum setzte aus, wie damals bei unserem allerersten Rendezvous, an dem Sonntag vor Weihnachten im Gewimmel des Bahnhofs von Shinjuku. Meine Lippen waren wie zugefroren.

Yume-chan schien es genauso zu ergehen.

»Verzeih mir«, wiederholte sie, den Blick gesenkt.

»Willst du uns nicht mal im Karinka besuchen?«

Etwas anderes fiel mir nicht ein. Doch Yume-chan schüttelte den Kopf.

»Ich kann da nicht hin«, stammelte sie leise.

Ein Moment verstrich, doch ich verstand und nickte still.

»Und wie wär's mit einer anderen Kneipe?«

Yume-chan warf einen Blick hinüber zu dem von ausländischen Touristen überfüllten Boulevard und murmelte: »Es hat sich hier ziemlich viel verändert.«

Wir liefen dann einfach weiter. Zuerst gingen wir den Yasukuni-Boulevard entlang, und danach schlängelten wir uns durch das Gewimmel in Kabuki-cho.

Erst als wir im Geschäftsviertel das türkische Restaurant mit den unzähligen Leuchtreklamen erblickten, flossen die Worte aus uns heraus.

»Den Laden gibt's also immer noch«, rief Yume-chan, sichtlich erfreut, an etwas längst Vergessenes erinnert zu werden.

»Es ist sicher nicht so einfach, den Laden am Laufen

zu halten«, sagte ich mitfühlend. Seitdem ich selbst in der Küche arbeitete, wusste ich, wovon ich redete.

»Ja, das gilt aber für das Karinka bestimmt genauso. Toll, dass es das noch gibt«, sagte Yume-chan und fügte dann hinzu: »Nachdem ich dem Laden das angetan habe.«

Ich verkniff mir einen Kommentar. Stattdessen erzählte ich ihr, dass Isaos Sohn Hiroto die Geschäftsführung übernommen habe und wir nun zu zweit Paprikaschoten grillten.

»Isao-san, wie geht es ihm?«, fragte Yume-chan mit einem Seitenblick zu mir hinauf. Yume-chan mit dem Aussehen einer Frau Ende vierzig. Krähenfüße in den Augenwinkeln und sich andeutende Altersflecken an den Schläfen.

»Isao-san ist schon lange tot. Er ist vor fünfzehn Jahren gestorben.«

»So früh.«

»Er hatte Probleme mit der Bauchspeicheldrüse. Als er eine Klinik aufsuchte, war es bereits zu spät. Lalala-san lebt übrigens auch nicht mehr. Er soll sehr krank gewesen sein, aber Genaueres habe ich darüber nicht gehört.«

»Das wusste ich nicht.«

Eine Weile lief Yume-chan schweigend neben mir her und hauchte dann mit schwacher Stimme, die in der lärmenden Menschenmenge fast unterging: »Ich bereite immer allen nur Schwierigkeiten.«

Ich wollte mich lieber nicht direkt zu dem Vorfall damals äußern.

»Na ja, inzwischen ist so viel Zeit vergangen«, wich ich aus. »Manche von uns leben noch, andere sind bereits von uns gegangen.«

»Da hast du recht. Hast du etwas von Natasha gehört?«

»Ja, Natasha kommt ab und zu vorbei. Sie hat übrigens Tamago-san geheiratet.«

»Echt?«

Yume-chans Miene entspannte sich. Ein Lächeln erschien auf ihrem Gesicht, so schwach, dass ein nächtlicher Windstoß es sofort wieder hätte weggeblasen können. Deshalb beschloss ich, in unserem Gespräch besser an positiven Themen festzuhalten.

»Ja. Natasha scheint immer noch ab und zu als Domina aufzutreten. Tamago-san ist inzwischen pensioniert und hat sich auf sein Altenteil zurückgezogen.«

»Die beiden passen gut zusammen.«

»Ja, sie halten immer noch jedes Mal Händchen, wenn sie in die Kneipe kommen.«

Ich berichtete ihr weiter, was die anderen Gäste derzeit trieben.

Dass der bald sechzigjährige Geta-Rocker heute noch in der Band spielte und seine ergraute Mähne schüttelte. Dass er immer noch Hoppy trank und dazu Lebensratgeber wie *Mediterrane Küche für ein langes Leben* las.

Ich erwähnte Mister Stahlhart, der inzwischen so gebrechlich war, dass er nicht mehr ohne Weiteres aufstehen und sein Muskelspiel zur Schau stellen konnte, aber immer noch bei jedem Besuch in der Kneipe versuchte, sich von anderen Gästen Geld zu pumpen.

Dann erzählte ich, dass sich Fujibart nach seiner Pensionierung in den hintersten Winkel der Berge von Yamanashi zurückgezogen hatte und manchmal angeberische Ansichtskarten schickte, um uns weiszumachen, dass er beim Anblick des echten Fuji abends seinen Wein trinke.

Natürlich verlor ich auch ein paar Worte über den Regisseur, der schon früher vor den anderen Gästen große Reden geschwungen hatte. Er war als über Siebzigjähriger immer noch sehr rüstig und hatte neuerdings die Angewohnheit, sich junge Leute herauszupicken, die beim Trinken auf ihren Smartphones herumwischen, um sie dann anzupöbeln: »Du wirst nicht mal in einer Nische der Geschichte existieren!«

Schließlich kam ich zu Mister Mumm, der sich seit einigen Jahren mit dem Buddhismus beschäftigte und nun gern über das Herz-Sutra und dergleichen sinnierte.

Yume-chan lief lächelnd und nickend an meiner Seite, wirkte jedoch immer noch bedrückt. Erst als das Gespräch auf Madame Granatapfel kam, blickte sie neugierig auf.

»Er dürfte auch längst tot sein, oder?«

»Nein, er ist topfit. Und immer noch in Frauenkleidern unterwegs. Genau wie damals.«

»Das kann doch nicht wahr sein!«

»Dieses Jahr ist er achtzig geworden, aber er flaniert nach wie vor im Paillettenfummel durch die Gegend.«

Zum ersten Mal kicherte Yume-chan. Ihr fröhliches Gesicht irritierte mich paradoxerweise.

In meinem Kopf drängten sich so viele Fragen, dass eine ganze Nacht nicht ausgereicht hätte, nur die Hälfte davon zu stellen. Aber ich wollte Yume-chan in ihrer jetzigen Verfassung nicht damit konfrontieren.

»Es ist wirklich viel Zeit vergangen.«

»Ja, das ist wahr«, erwiderte ich.

Wir liefen fast im Slalom, um den torkelnden Besoffenen auszuweichen.

»Und aus dir ist ein Dichter geworden, Yama-chan?«

»Hm, na ja ...«

»Ich bin schon lange eine treue Leserin von dir.«

»Das ehrt mich.«

»Du hast auch in einem Essay über deinen Job im Karinka geschrieben.«

»Ja, von Gedichten und Kindergeschichten allein kann ich mich nicht ernähren, zumal ich einen Sohn im Schulalter habe, für dessen Ausbildung ich sorgen muss.«

»Ach, dann bist du also verheiratet. Wie ist sie denn so, deine Frau?«

Es entstand eine kurze Pause, bevor ich antwortete: »Sie ist ein ganz bodenständiger Typ, ich kann mich auf sie verlassen. Sie hat immer ein offenes Ohr für mich.«

»Und wie habt ihr euch kennengelernt?«

»Sie ist die mittlere Tochter meiner ehemaligen Vermieterin. Wir kamen miteinander ins Gespräch, als ihre Mutter mich auf ein Getränk zu sich einlud.«

»Das freut mich. Um ehrlich zu sein, Yama-chan, ich habe jetzt auch eine Familie.«

»Ach, wirklich? Das ist ja toll.«

Ich wollte so heiter klingen wie der fröhliche Lärm, der vom Kabuki-Viertel zu uns drang. Aber tief in meiner

Brust spürte ich eine Art Traurigkeit aufsteigen, die ich nicht leugnen konnte.

»Was macht denn dein Mann beruflich?«

»Er ist Koch. Nachdem ich mich von euch allen zurückgezogen hatte, bin ich in einen kleinen Ort in der Region Nagoya gezogen, um dort ein neues Leben zu beginnen.«

»Ein kleiner Ort?«

»Er heißt Fushimi. Mein Anwalt hat mich dorthin vermittelt. Ein Bekannter von ihm betreibt dort ein japanisches Restaurant, wo ich arbeiten konnte. Dort habe ich dann meinen jetzigen Mann kennengelernt.«

»Ach so, verstehe.«

Warum bist du denn damals nicht zu uns zurückgekehrt? Die Frage rumorte in meinem Herzen. Aber auch diese: *Ich habe dir so viele Briefe geschrieben, warum hast du nie geantwortet?*

Und noch so viele Fragen mehr.

Aber ich erwähnte nichts dergleichen und ließ mir auch nichts anmerken.

»Ich habe auch ein Kind. Eine Tochter.«

»Wie alt ist sie?«

»Sie geht in die siebte Klasse.«

»Aha. Gratuliere, Yume-chan.«

»Danke.«

Auf unserem Spaziergang durch das Kabuki-Viertel redeten wir über alles Mögliche, vermieden es jedoch, wunde Punkte zu berühren. Wir kehrten langsam zum Ausgangspunkt zurück, bald würde der rote Lampion vom Karinka in Sicht kommen. Ich fragte sie erneut, ob sie nicht kurz in der Kneipe vorbeischauen wolle. Yume-chan schüttelte abermals den Kopf.

»Tut mir leid, aber ich kann nicht.«

Sie blieb bloß stehen und griff in ihre Tasche, die sie über der Schulter trug.

»Ich bin wirklich eine treue Leserin von dir.«

Sie holte ein Exemplar von *Goldene Hortensie – Silberne Hortensie* hervor. Der vertraute Gedichtband in Yume-chans Hand.

»Ich weiß gar nicht, wie oft ich es schon gelesen habe.«

»Dass ich diesen Tag erleben darf, wo du mit einem meiner Bücher auftauchst.«

Yume-chan senkte den Blick und lächelte ein Lächeln, in dem die unterschiedlichsten Gefühle verborgen lagen. Dann zog sie einen Stift aus der Tasche.

»Darf ich dich um eine Widmung bitten?«

»Eine Widmung? Na klar.«

Verlegen nahm ich das Buch und den Stift entgegen. Ich hatte das Gefühl, meine Lungen würden gleich platzen. Ein Zittern durchlief meine Finger. Ich war mir nicht sicher, ob ich im Stehen überhaupt ins Buch schreiben konnte.

»Soll ich ›Für Yume-chan‹ schreiben? Oder deinen richtigen Namen?«

Eigentlich sagte ich es, um mich selbst zu beruhigen, merkte jedoch, dass meine Wangen sich verspannten, noch bevor ich zu Ende gesprochen hatte. Für einen Moment wirkte auch Yume-chans Miene verstört.

»Ich dachte, da wir in Shinjuku sind, passt Yume-chan ganz gut.«

»Ja schon, aber ...«

Meine Finger hörten nicht auf zu zittern. Mit dem Stift in der Hand stammelte ich: »Es geht gerade nicht. Können wir uns nicht irgendwo hinsetzen. Wenn nicht im Karinka, wie wäre es anderswo? Zum Beispiel am Hanazono-Schrein. In Ordnung?«

Yume-chan zögerte nicht lange, sondern willigte spontan ein.

»Ich dachte auch gerade, dass ich lieber im Sitzen mit dir sprechen würde. Es gibt nämlich etwas, das ich dir unbedingt sagen möchte, Yama-chan. Nur deshalb bin ich hergekommen.«

»Du bist aus einem bestimmten Grund hier?«

»Ja. Ich glaube, es könnte sehr wichtig sein.«

Ihr linkes Auge nahm mich nun voll in Beschlag. Ich fühlte mich wie hypnotisiert, stellte ihr aber trotzdem die Frage, die mich schon die ganze Zeit beschäftigt hatte: »Sag mal, warst du in den letzten Tagen schon mal beim Karinka?«

Ihr Blick glitt nach unten, als wollte sie das Straßenpflaster betrachten.

»Ja«, lautete ihre Antwort.

»Der Gedanke ist mir erst heute gekommen. Schade, dass ich dich nicht eher bemerkt habe.«

Yume-chan schüttelte leicht den Kopf, schaute mir jedoch direkt ins Gesicht. Diesmal waren es beide Augen, die auf mich gerichtet waren.

»Also wollen wir dann zum Hanazono-Schrein?«

Ich bat Yume-chan, an der Ecke der Kreuzung auf mich zu warten. Dann kehrte ich kurz zum Karinka zurück, Gedichtband und Stift immer noch in der Hand. Hiroto schuftete ganz allein am Grill, trotzdem band ich mir die Schürze ab. Dann griff ich ins Regal neben dem Kühlschrank.

Yume-chan wollte mir etwas anvertrauen. Und ich hatte ebenfalls etwas für sie, was schon ewig im Regal schlummerte und darauf wartete, übergeben zu werden. Ich steckte es zusammen mit dem Gedichtband in meine Tasche und drängte mich an den Rücken der Gäste vorbei zum Ausgang.

Wir stiegen die Treppe neben dem Polizeiposten hinauf und gingen zum Platz hinter dem Hauptgebäude des Hanazono-Schreins. Von dort hatte man einen recht guten Ausblick auf Golden Gai, wenn auch keinen so spektakulären wie aus dem Zimmer in der Ruine. Wir setzten uns auf eine Bank. Meine Finger zitterten nicht mehr. Als ich ihr die Widmung in den Gedichtband schrieb, legte sie abermals die Hände wie zum Gebet zusammen.

»Ich danke dir.«

Sie verstaute das Buch sorgfältig in ihrer Tasche, als würde es sich um etwas außerordentlich Kostbares handeln.

Dann berichtete ich ihr, dass inzwischen keine Katzen mehr ins Karinka kamen.

»Ja, das dachte ich mir«, sagte sie nüchtern.

Über uns prangte der Vollmond.

Sein fahler Schein und die Lichter von Golden Gai tauchten die Umgebung in ein schwaches Leuchten, in dem ich aber Yume-chans Gesichtsausdruck ziemlich deutlich erkennen konnte.

»Ich ...«

Yume-chan fummelte an der Tasche auf ihrem Schoß.

»Was ist denn?«

»Ich werde Japan verlassen.«

»Ach?«

»Davon habe ich schon lange geträumt. Mein Mann und ich haben oft davon gesprochen, und ihm gefiel die Idee immer besser. Wir haben beschlossen, einen Neuanfang im Ausland zu wagen. Wir haben schon eine Weile dafür gespart. Jetzt hat sich tatsächlich die Möglichkeit für ihn ergeben, als Küchenchef in einem japanischen Restaurant zu arbeiten, und wir werden mit unserer Tochter auswandern.«

»Mhm. Und wohin wollt ihr?«

»Na, rate mal!«

Sie wird Japan verlassen. Obwohl ich Yume-chan so lange nicht gesehen hatte und sich für mich dadurch nichts änderte, hatte ich das Gefühl, als würde plötzlich kalter Nachttau auf meine Brust fallen. Trotzdem versuchte ich, fröhlich zu klingen.

»Ja, wohin bloß? New York?«

Yume-chan schüttelte den Kopf.

»Istanbul.«

»Was?«

»Ein japanisches Restaurant in Istanbul.«

Vom fahlen Mondlicht beschienen, schauten wir uns an. Meine Augen waren vermutlich vor Erstaunen weit aufgerissen, wie die einer Katze. Ich schenkte ihr ein spontanes Lächeln, meine Form des Applauses. Yume-chan lächelte zurück.

»Das freut mich für dich, Yume-chan. Du hast dir ja schon damals gewünscht, das Land kennenzulernen. Du und dein Mann, ihr seid echt mutig, diesen Schritt zu wagen. Das finde ich toll!«

»Ja, meine Tochter ist auch schon ganz aufgeregt. Aber das ist nicht das, was ich dir eigentlich mitteilen wollte. Mir kam nur der Gedanke, dass ich dich wahrscheinlich nie wiedersehen werde und dir zumindest noch das sagen sollte, was mir auf dem Herzen liegt.«

»Hm.«

Was wollte sie mir nur sagen? Ich hatte absolut keine Ahnung, was sie tatsächlich innerlich bewegte.

»Also das erste Gedicht in diesem Band ...«

Ich dachte, es sei zu dunkel, um daraus vorzulesen, aber Yume-chan schlug das Buch auf.

»Ich kann es auswendig, weil ich es schon zigmal gelesen habe. Es ist mir etwas unangenehm, es in deiner Gegenwart vorzutragen, aber ich wage es trotzdem. Darf ich?«

»Ja, aber eigentlich machst du damit doch eher mich verlegen.«

Goldene Hortensie – Silberne Hortensie

Ich hatte noch ein Kindergesicht.
Wir sollten aus Schnipseln von Buntpapier eine Collage machen.
Geführt von der Lehrerin, versammelten wir uns an den Blumenbeeten im Schulhof.
Es hatte gerade aufgehört zu regnen, die Sonne schien.
Die Hortensien prangten vor uns in voller Blüte.
Auf allen Blättern und Blüten glitzerten Wassertropfen.
Fasziniert betrachtete ich die Tropfen, die jeden Augenblick herabzuperlen schienen.
Jeder Wassertropfen barg die Welt in sich.
Meine Freunde neben mir, der blaue Himmel, sogar die Hortensien schimmerten in diesen Wassertropfen.
Auch mich, wie ich auf die Hortensie starrte, erblickte ich dort auf den Kopf gestellt.
Im Block mit dem Buntpapier gab es keine passende Farbe, um das Glitzern der Hortensien darzustellen.
Deshalb riss ich ein goldenes Blatt aus dem Block. Und ein silbernes.
Es entfalteten sich große Blüten.
Die goldene Hortensie, die silberne Hortensie.
Am nächsten Tag waren alle Collagen im Klassenzimmer aufgehängt.

Jede Hortensie erhielt eine Auszeichnung.
Nur unter meiner glitzernden Hortensie stand der Vermerk:
Hortensien in dieser Farbe gibt es nicht.
Ich blieb lange vor meinen glitzernden Hortensien stehen.
So lange, bis ein Freund mich aufforderte, mit nach draußen zu kommen.
Sah ich denn die Welt nicht so wie die anderen Kinder?
Im Wassertropfen auf den Kopf gestellt, rannte ich auf den Schulhof.

Yume-chan hatte das Buch zwar aufgeschlagen, die Zeilen jedoch nicht abgelesen, sondern mit geschlossenen Augen gesprochen.

»Wahnsinn, du kennst es wirklich auswendig.«

»Ich wollte nicht in die Türkei auswandern, ohne dich vorher noch einmal getroffen und dir dieses Gedicht vorgetragen zu haben. Ich wollte mir besondere Mühe geben, denn ich liebe diese Verse. All deine Gedichte sind so leicht verständlich.«

Ich rang mir ein gequältes Lächeln ab.

»Leicht verständlich heißt ja wohl oberflächlich, was nicht unbedingt ein Kompliment ist. Es gibt viele Leser, die meine Gedichte nicht für Gedichte halten.«

»Aber ist das nicht eigentlich etwas Gutes, Yama-chan? Du schreibst doch nicht für die breite Masse, sondern für eine einzige Person, oder?«

Und warum verschwindet dann ausgerechnet diese einzige Person, nämlich du, aus meinem Leben?

Ich unterdrückte meine Empfindung und stimmte ihr einfach zu: »Ja, da hast du recht.«

»Macht dir die Sache mit deinen Augen denn noch zu schaffen, Yama-chan?«

»Nein, das ist mir inzwischen ziemlich egal.«

Das entsprach der Wahrheit.

»Als ich jünger war, hatte ich damit sehr zu kämpfen. Es war ein Schock, dass genau die Stellen, die ich anstrebte, für mich nicht zugänglich waren. Ich musste es im Alleingang schaffen, mir mein Leben aufzubauen. Es hat mir sehr geholfen, dass du mir geraten hast, ich solle nicht für die breite Masse schreiben. Das hat mir die Augen geöffnet. Meine Honorare für Gedichte und Kindergeschichten sind ziemlich dürftig. Deshalb habe ich den Job im Karinka angenommen. Wäre ich ein erfolgreicher Fernseh- und Rundfunkautor geworden, dann bräuchte ich mir jetzt finanziell keine Sorgen zu machen. Aber das hätte mich wohl schon längst umgebracht. Ich bin glücklich mit diesem Leben. Ein Leben, dass ich eigenständig führe, ohne mich verstellen zu müssen.«

»Wie schön. Ich bin sehr froh darüber.«

Yume-chan drückte meinen Gedichtband an die Brust.

»Ich bin immer noch vernarrt in Katzen. Und ich habe in den letzten Jahren auch jede Menge wissenschaftliche Literatur über sie gelesen. Weißt du, Yama-chan, es gibt da eine interessante Sache.«

»Was denn?«

»Alle Katzen haben eine Farbschwäche.«

»Was?«

»Katzen sind sehr lichtempfindlich. Um Mäuse zu jagen, müssen sie vor allem in der Dunkelheit gut sehen können. Farben zu sehen, ist zweitrangig für Katzen. Sie nehmen vor allem Licht wahr. Alles, was schimmert. Für sie ist das lebensnotwendig.«

»Wirklich?«

»Die Pupillen bei Katzen sind tagsüber sichelförmig verengt. Nachts sind sie weit und rund geöffnet, damit ihnen nicht der kleinste Schimmer entgeht.«

»Das wusste ich nicht.«

»Deshalb glaube ich, du bist auch eine Katze, Yamachan. Dieser Gedanke kommt mir immer, wenn ich deine Gedichte lese. Und darum wollte ich dir sagen, dass du dir bitte absolut keine Sorgen wegen deiner Augen machen sollst, falls du das noch tust. Ich bin hergekommen, um dir zu versichern, dass du einen außergewöhnlichen Sinn für das Schimmernde, für Brillanz hast. Damit kannst du voller Zuversicht dein Leben leben.«

»Danke, Yume-chan«, wisperte ich. Und: »Du findest also, ich bin wie eine Katze?«

»Ja, das tue ich. Deshalb habe ich mich wohl auch so gut mit dir verstanden. Du hättest durchaus deinen Platz auf dem Plan der Katzen finden können.«

»Hm.«

Ich saß eine ganze Weile stumm neben ihr, unfähig zu sprechen. Aber in meiner Brust tobte ein Aufruhr an Gefühlen wie eine zitternde Dose Buntstifte. Eine Glastür meines Herzens flog auf und heraus stürmten jede Menge Dinge, die ich nicht einordnen konnte. Ich versuchte, still zu bleiben, aber die Worte überwanden meine Hemmung und brachen sich Bahn.

»Du hättest mich also in deine Familie aufgenommen?«

»Sicher.«

»Aber warum warst du dann so ablehnend? Ich habe dir so oft geschrieben, habe aber nie eine Antwort bekommen. Auch bei meinem Besuch damals im Gefängnis warst du schrecklich abweisend. Warum hast du mich so behandelt?«

Ich hörte, wie Yume-chan tief Luft holte. Dann wandte sie sich ab und schaute hoch zum Nachthimmel.

»Ja, es tut mir sehr leid, dass ich dir das angetan habe.«

Yume-chan senkte ihre Stimme. Sie sprach so langsam, als würde sie die Worte in getrennte Silben zerlegen.

»Ich hatte das Gefühl, dass ich dir nicht mehr unter die Augen treten kann. Weder dir noch all den anderen. Ich musste allein zurechtkommen, dachte ich. Außerdem hatte ich Angst, schwanger zu sein.«

»Was?«

Ich schaute sie fragend an.

»Yama-chan, ich habe mit Sasaki-san zusammengelebt ...«

»Ja, ich weiß. Isao-san hat es mir gesagt.«

»Du wusstest es?«

»Nicht die ganze Zeit. Ich habe erst nach deiner Festnahme davon erfahren.«

»Ach so. Er hat mir, als ich noch sehr jung war, in einer schwierigen Situation Hilfe angeboten. Damals hatte ich sehr viel durchgemacht, und er war für mich da. Du hast es verdient, ein wenig zu träumen in deinem Leben, hat er zu mir gesagt. Deshalb habe ich mich im Karinka ›Yume-chan‹ genannt, ›Yume‹ wie der Traum. Aber Sasaki-san hatte auch andere Seiten. Die Unterschiede zwischen uns waren sehr groß. Mit der Zeit wurde mir mehr und mehr bewusst, dass ich ihn nicht liebe. Deshalb wurde unsere Beziehung immer schwieriger. Als ich dich dann kennenlernte, wollte ich mich von ihm trennen. Da hat er mich ... Er hat mich vergewaltigt. Ich wollte weglaufen, wusste aber nicht, wohin.«

Ihre Stimme klang heiser und bebte. Sie hörte sich nicht so an, als würde sie über etwas weit Zurückliegendes sprechen.

»Es ging nicht nur einmal so, und ich befürchtete bald, schwanger zu sein. Ich war fest überzeugt davon. Ich wusste nicht, was ich tun sollte, und habe mich in dieser Situation übermäßig auf Muku und ihre Jungen fixiert. Dann hat Sasaki sie gnadenlos massakriert. Er erschien mir wie der leibhaftige Teufel. An das, was dann folgte, kann ich mich kaum erinnern. Als ich wieder klar denken konnte, saß ich hinter Gittern. Tag und Nacht habe ich mir den Kopf zerbrochen, wie es jetzt weitergehen sollte. Für eine Abtreibung wäre es zu spät gewesen. Ich war darauf gefasst, das Kind von dem Mann, den ich am liebsten umgebracht hätte, im Knast zur Welt zu bringen. Es ist dann zwar nicht dazu gekommen, aber allein die

Vorstellung hat mich an den Rand der Verzweiflung getrieben. Deshalb habe ich beschlossen, den Kontakt zu allen Menschen, die ich bis dahin kannte, abzubrechen. Verzeih mir, Yama-chan.«

»Du musst mich nicht um Verzeihung bitten.«

Wie einsam sie sich gefühlt haben musste. Ich hatte damals nur an mich selbst gedacht, ohne zu ahnen, welche Qualen sie durchlitt. Ich hatte nicht zu ihr gestanden.

Ich verspürte späte Reue in mir aufwallen.

»Es war dumm von mir, sämtliche Kontakte einfach abzubrechen. Ich unterlag einem Irrtum und habe mich so selbst in eine Sackgasse manövriert. Paradoxerweise war ich dann ziemlich entsetzt, als sich herausstellte, dass ich gar nicht schwanger war. Ich dachte, ich hätte den Verstand verloren, mir das alles einzubilden. Ich glaubte, dass ich mich an niemanden mehr binden, mich auf keinen Menschen mehr einlassen durfte. Einfach alles wollte ich über Bord werfen. Sogar mein Ich, das Gedichte schrieb. Es tut mir wirklich leid, Yama-chan. Damals habe ich dich sicher sehr verletzt.«

Yume-chans Schultern bebten. Unwillkürlich strich meine Hand an ihrem Arm empor. Yume-chan schüttelte den Kopf und begann, die Hände vors Gesicht gepresst, bitterlich zu schluchzen.

»Yume-chan.«

»Ja?«

Sie blickte zu mir auf. Ihre feuchten Augen fingen das Mondlicht auf. Schimmernd wie Juwelen, die sich nur nachts offenbarten, blickten sie mich an.

Ihre Lippen waren so nah.

Der Zeitpunkt war gekommen, um wahrhaft Abschied zu nehmen, wurde mir in diesem Moment klar. Eine geheime Liebe, die nur in unserer beider Herzen aufgekeimt war, ohne dass andere davon wussten, endete nun.

Sich zu küssen, wäre eine ganz natürliche Reaktion in dieser Situation gewesen. Aber ich hatte das Gefühl, dass ich dadurch den Zauber jener mir ewig erscheinenden Nacht in der Ruine, als wir uns, von Katzen umgeben, umarmt hatten, zunichtegemacht hätte.

Yume-chans Lippen bewegten sich leicht, und ich konnte ihren Atem spüren, aber sie brachte kein Wort heraus.

Ich schaute ihr direkt in die Augen. Sie raunten mir heimlich etwas zu. Ihrem Schimmern entnahm ich den Sinn dessen, was sie mir mitteilen wollte.

Sayonara – es ist Zeit, Lebewohl zu sagen.

Ich war mir sicher, dass Yume-chan genauso empfand wie ich. Wir berührten uns minimal, tauschten Wärme aus, ohne dass unsere Lippen sich berühren mussten. Ich gestand ihr meine Gefühle mit den Augen.

Ja, nun ist es Zeit zu gehen. Sayonara.

Gegenseitig wischten wir uns die Tränen aus dem Gesicht. In den Tränen auf ihren Wangen spiegelten sich der Mondschein und die Lichter von Golden Gai. Sie verschmolzen zu goldenen Tränen, silbernen Tränen.

»Yume-chan. Es wird alles gut.«

»Meinst du?«

»Du bist über einen ziemlichen Umweg einem Mann

begegnet, mit dem du gemeinsam deinen Traum verwirklichen kannst. Und du hast ein Kind.«

Ihre Tränen waren noch nicht ganz versiegt, aber der Anflug eines schwachen Lächelns schimmerte bereits auf ihrem Gesicht.

»Da wir uns nicht wiedersehen werden, habe ich ein Abschiedsgeschenk für dich.«

Ich zog etwas aus meiner Tasche, was ich schon seit ewigen Zeiten im Karinka im Regal aufbewahrt hatte. Ein selbst gebundenes Heft mit siebzehn Blatt Papier, das eine handgeschriebene Sammlung an Gedichten von mir enthielt.

»Wir hatten eigentlich vor, gemeinsam an so einem Gedichtband zu arbeiten. Aber da ich dich verloren hatte, habe ich es schließlich alleine gemacht.«

Ich legte das Heft sanft in ihre Hand, die sie mir scheu entgegenhielt.

Die Katzen von Shinjuku.

Schweigend nahm sie es an sich und starrte auf den Einband.

»Aus diesem Buch sehen sie dich an, die Katzen von damals.«

Yume-chan senkte den Kopf und strich mit den Fingern über das selbst gemachte Cover. Dann hob sie den Blick und sah mich mit abermals tränennassen Augen an.

»Yama-chan, ich danke dir.«

»Ich hatte gehofft, es dir eines Tages überreichen zu können. Darf ich dir noch eine Frage stellen, bevor wir uns Lebewohl sagen?«

»Ja.«

»Eri, die Mike-Katze, das bist doch du, oder?«

Nach kurzem Zögern nickte sie.

»Ja.«

Sie wischte sich die Tränen aus dem Gesicht und lächelte mich zaghaft an.

»Ich habe mich durch die Beschreibung ›Odd eyes‹ in die Irre führen lassen und war auf der Suche nach einer Katze, deren Augen farblich voneinander abweichen. Aber solch einer Katze bin ich nie begegnet. Denn Eris Augen sind nicht verschiedenfarbig, sie sind auf eine ganz andere Art einzigartig. Und du bist Eri, Yume-chan. Als ich deinen richtigen Namen erfahren habe, kapierte ich es dann endlich. Demnach besteht der Plan aus dir und sechzehn Katzen.«

»Stimmt.«

»Es gibt nur dieses eine Heft, also werde ich mich auch davon verabschieden. Ich widme es der Mike-Katze Eri.«

Ich nahm ihr den Band noch einmal aus den Händen, um das Gedicht über Eri, die Mike-Katze, aufzuschlagen, wobei ich mir das Buch dicht vor die Augen hielt. Es war ziemlich dunkel hier, jedoch stand der Mond jetzt hoch am Himmel. In seinem fahlen Licht gelang es mir gerade noch so, den Zeichen zu folgen. Mit verhaltener Stimme, die nur Yume-chan hören konnte, las ich die Verse vor.

Eri

Wenn ihr Hilfe braucht,
Könnt ihr getrost zu mir kommen.
Ich warte in der Ruine im Kabuki-Viertel auf euch.
Mein linkes Auge verfolgt die Graffitis der Wirklichkeit,
Mein rechtes Auge die Fetzen der Träume.
In uns ist nicht bloß ein einziger Raum,
Sondern auch ein Loch, das Verzweiflung verschlingt.

Wenn jemand euch tyrannisiert,
Könnt ihr getrost bei mir verweilen.
Ich warte unter den Bäumen des Kuyakusho-Boulevards auf euch.
Mein linkes Auge verfolgt die Gesichter der Passanten,
Mein rechtes Auge die verworfenen Worte.
Verletzt bist nicht nur du allein.
Werden, vergehen – und wiederauferstehen.

Habt ihr etwas zu beklagen,
Könnt ihr getrost zu mir eilen.
Ich warte abseits der Gleise auf euch.
Mein linkes Auge sieht die verlassenen Kinder,
Mein rechtes Auge die Zukunft eines schlummernden Säuglings.
Zeit vergeht nicht einfach bloß.
Sie schenkt uns Blumen und Früchte.

Der Gedanke an ein Ganzes ist schmerzhaft.
Das Logische ist ein großer Irrtum.
Aus unzähligen Wunden
Entspringen doch auch Worte der Fantasie.
Ich bin Eri, die Mike-Katze.
Wenn es etwas zu überwinden gilt,
Könnt ihr getrost meiner Stimme lauschen.
Sie wird zum Lied.
Zum Gedicht.

Als ich zu Ende gelesen hatte, gab ich ihr das Heft zurück. Yume-chan blickte auf und blinzelte mehrmals, bevor sie es wieder an ihre Brust drückte.

»Yama-chan ...«

»Ja?«

»Danke. Also ... ich weiß gar nicht, was ich sagen soll.«

»Ach, na ja, ich habe dich ja damit überfallen.«

»Du findest, dass ich so eine Katze bin?«

»Ich finde schon.«

Yume-chan wirkte zutiefst gerührt, aber auch irgendwie irritiert. Merkwürdigerweise versuchte mich diesmal ihr rechtes Auge zu fixieren.

»Ich glaube, mein rechtes Auge grübelt noch.«

»Worüber?«

»Darüber, ob ich wieder Gedichte schreiben sollte.«

»Und dein linkes Auge?«

»Das möchte wieder welche schreiben.«

Während wir so dasaßen, legte ich ihr einen Arm um die Schulter und zog sie leicht an mich. Nur für den kurzen Moment, in dem der Schweif einer Sternschnuppe verglühte. Dann erhoben wir uns langsam.

»Yume-chan, wenn du im Ausland bist, sei vorsichtig mit Leitungswasser.«

»Ja. Und du, Yama-chan, du musst weiterschreiben.«

»Du auch.«

Sie erwiderte nichts darauf, schaute mich jedoch an und strahlte über das ganze Gesicht. Unten an der Treppe würde sie sofort ein Taxi bekommen. Ich wollte nicht mitansehen, wie sie in den Wagen stieg und davonfuhr.

»Yume-chan, darf ich dir hier schon Lebewohl sagen?«

»Ja.«

»Yume-chan ...«

Sie trat zurück und hob die Hand mit dem Gedichtband.

»Yama-chan, Lebwohl!«

»Lebwohl.«

Sie winkte mit dem flatternden Heft und lächelte. Dann drehte sie sich um und stieg die Stufen hinunter.

Ich blieb oben stehen. Es gab nur den Mondschein und mein Herz.

Ich dachte daran, dass nichts auf der Welt erhalten blieb, sondern stets alles im Wandel begriffen war. So, wie ich es gerade erlebte. Alles verging wie im Treibsand, auch unsere Gefühle. Das einzige Beständige war der Mondschein. Ein fahles Licht, das unaufhörlich jedes einzelne Körnchen Treibsand beleuchtete. Dies erschien mir die einzige Gewissheit zu sein. Deshalb war es ein wahres Wunder, dass ich in meiner kurzen Lebensspanne jemandem begegnet war, mit dem ich mich verbunden fühlte.

Ich verharrte noch lange dort, meinen Gedanken nachhängend. Obwohl ich mich in Shinjuku befand, war mein Geist zum Mond geflogen. Ich kam erst wieder zur Besinnung, als eine Katze vorbeihuschte. Ein seltener Anblick heutzutage.

Es war eine Hachiware, noch nicht ganz ausgewachsen.

»Hey«, rief ich leise. »Wo kommst du her?«

Die Katze unterbrach ihren Lauf und wandte sich zu mir um. Das schwarz-weiße Fellmuster zeichnete eine hübsche Acht auf ihre Stirn. Ihre runden Augen funkelten wie lichtdurchflutete Granatsteine.

Ich ging vorsichtig in die Hocke, um die Katze nicht zu erschrecken. Sie verharrte an ihrem Platz und starrte mich an.

»Wo ist denn dein Zuhause?«

Sie duckte sich und miaute kurz. Als würde sie mir zuraunen, sie brauche doch gar kein Dach über dem Kopf.

»Und wie heißt du?«

Granatauge, dachte ich. Ich steckte eine Hand nach dem Tier aus, was sich als Fehler erwies. Die Katze zuckte zusammen und floh hinter den Schrein.

Ich blickte erneut zum Himmel empor, wo der Mond noch fast im Zenit stand. Dann betrachtete ich vor mir die Lichterflut von Golden Gai. Endlich stieg auch ich die Treppe hinab.

Es war zwei Monate später, als das Päckchen aus Istanbul eintraf. Eines Abends besuchte ich das Karinka, diesmal nur als Gast.

»Da ist eine Auslandssendung gekommen, sie ist an Sie adressiert, Yama-san«, sagte mir Hiroto und legte die Schachtel vor mir auf den Tresen.

Bevor ich den Absender entziffern konnte, fiel mir die Aufschrift »Turkey Airmail« ins Auge. Damit war klar, wer mir die Post geschickt hatte.

Nachdem ich mir einen Schluck Hoppy gegönnt hatte, wickelte ich das Päckchen aus. Zum Vorschein kamen ein Beutel mit türkischem Tee und ein in ein Tuch gewickeltes, rundes Glasobjekt. Es erinnerte an einen Augapfel: ein schwarzer Punkt in einem hellblauen Kreis auf tiefblauem Hintergrund. Dann war da noch ein dicker Umschlag. Darin befanden sich ein Bogen beschriebenes blaues Briefpapier sowie ein neues, von der Absenderin gefertigtes Exemplar von *Die Katzen von Shinjuku*, offenbar eine originalgetreue Kopie meines Gedichtbands.

Lieber Yama-chan,

nun hat mein Leben in Istanbul begonnen. Die
Menschen hier sind sehr freundlich und hilfsbereit.
Ich lerne fleißig Türkisch.
Das runde Glasobjekt, das aussieht wie ein Auge,
ist ein sogenanntes »nazar boncuğu«, ein traditioneller
Glücksbringer. Er erinnert ein wenig an aufgerissene
Katzenaugen bei Nacht, nicht wahr? Das Auge soll
dir Glück bringen, damit deine Gedichte und Kinder-
geschichten all diejenigen Menschen erreichen, die
ihrer bedürfen.

Außerdem habe ich eine Kopie von »Die Katzen von Shinjuku« angefertigt. Da der Band für uns beide bestimmt ist, dachte ich, es sei besser, wenn du auch ein Exemplar davon besitzt.
Yama-chan, ich bin dir so dankbar.
Wir haben uns zwar Lebewohl gesagt, aber in meinem Herzen lächelst du wie ein ewig leuchtender Stern.

Ich leerte meinen Becher Hoppy, während ich die Zeilen immer und immer wieder las. Über den Glücksbringer streichend, dachte ich an die runden Augen von Mametarō, der vor einem Vierteljahrhundert hier am Fenster erschienen war.

Dann schlug ich die neue Ausgabe von *Die Katzen von Shinjuku* auf. Dabei glitt ein Stück gefaltetes Papier heraus. Als ich es öffnete, erblickte ich einen neuen Plan der Katzen. Mametarō, Hanayo, Toto und Coco. Alle lang vermissten Katzen waren da. Neben Eri, der Mike-Katze, entdeckte ich ihn: einen weiteren Neuzugang. Es war ein Hachiware-Kater namens Yama-chan. »Verirrte Katze« stand klein geschrieben darunter.

Eine ganze Weile betrachtete ich den schüchtern wirkenden Kater. Als sein Gesicht immer undeutlicher wurde, bis es völlig verschwamm, presste ich meine Zeigefinger in die inneren Augenwinkel. Eine Heulsuse bleibt eben eine Heulsuse, auch wenn sie längst erwachsen ist. Wie peinlich! Aber dann begriff ich plötzlich und öffnete Yume-chans Exemplar von *Die Katzen von Shinjuku*.

Da war es!
Das achtzehnte Katzengedicht.

Yama-chan

Ziellos umherzuirren,
Ist mir in die Wiege gelegt.
Denn alles funkelt und schimmert,
Sodass ich stehen bleiben muss.
Geht es diesen Weg weiter?
Oder jenen Weg entlang?

Mich in eine Katze zu verlieben, die mir zufällig über den Weg läuft,
Liegt auch in meiner Natur.
Denn tief in den Augen dieser einen Katze
Habe ich ein Juwel erblickt, von dem keiner weiß.
Ist es diese Katze?
Oder jene Katze?

Ich irre und irre umher.
Laufe ohne Unterlass.
Daher verstehe ich gut,
dass auch andere Katzen sich verirren.

Ihr könnt mich als Lotsen gebrauchen,
Doch den richtigen Weg gibt es nicht.
Den gab es noch nie.

Erst wenn man zurückblickt
Erkennt man seinen Weg.
Miau, mio.

Leben und Tod sind für alle gleich.
Einzig der Weg, den jeder geht, unterscheidet sich.
Jeder sieht die Welt aus seinen Augen anders.
Selbst ein Schwachpunkt erweist sich als Stärke.

Ich irre und irre umher,
Laufe auch jetzt noch unentwegt weiter.
Denn es ist mir in die Wiege gelegt.
Ich bin von Geburt an
Eine verirrte Katze.
Miau.

Ohne den Drink anzurühren, las ich das der achtzehnten Katze gewidmete Gedicht wieder und wieder. Immer noch mit verschwommenem Blick.

»Was ist denn los?«

Hirotos Stimme riss mich aus dem wärmenden Kokon, der mein Herz umhüllte. Es war die Wärme der Person, die ich in der Ruine umarmt hatte.

Seitdem hängt der neue Katzenplan am Kühlschrank. Inzwischen ist es eine Kopie, denn das Original liegt sorgsam bewahrt vor Ruß und Fett bei mir zu Hause im Bücherregal.

Hin und wieder gibt es Leute unter den Gästen, die auf

die Zeichnungen zeigen und fragen, was das sei. Ohne ins Detail zu gehen, erklärte ich ihnen dann: »Früher, als sich hier noch viele Katzen getummelt haben, gab es eine Person, die sich um sie gekümmert hat. Von ihr stammt dieser Katzenplan.«

Erst neulich spazierte hier ein junger Mann herein, der sich ebenfalls neugierig nach dem Plan erkundigte. Er erzählte mir, dass er in der Provinz sein Studium abgeschlossen und nun eine Stelle in Tokio gefunden habe. Offenbar hatte er hier noch so gut wie keine Freundschaften geschlossen.

An seinem Hoppy nippend, stierte er zunächst pausenlos bloß auf sein Smartphone. Bei seinem zweiten Drink fiel ihm der Katzenplan am Kühlschrank auf. Als ich ihm auf seine Frage, was das sei, die übliche Erklärung lieferte, reagierte er total erstaunt: »Ich wusste gar nicht, dass es in Shinjuku mal so viele Katzen gab.«

Ich nickte und wies auf das Küchenfenster.

»Da draußen ließen sie sich häufig blicken. Daraus entstand eine Art Wette unter den Gästen, welche Katze wohl als Nächstes am Fenster erscheinen würde.«

Der junge Mann mit seinem Drink in der Hand lachte zwar darüber, aber nahm mir die Geschichte offenbar nicht so ganz ab. Anstatt darauf einzugehen, fing er an, sich über das Leben in Tokio zu beklagen. Er möge Katzen sehr, aber könne er sich leider keine halten, da sein Apartment zu klein sei.

»Das ist doch auch gar nicht nötig«, entgegnete ich dem jungen Mann, als ich mir selbst einen Hoppy zubereitete. »Die Katzen kommen doch draußen zu dir, um sich mit dir anzufreunden.«

»Mag sein«, erwiderte er mit einem Nicken und biss in eine der von mir sorgfältig zubereiteten Grillpaprikas.

»Irre gut«, befand er.

Mit glänzenden Augen aß er die Schote restlos auf.

Und gleich darauf geschah es.

»Da!«, rief er und deutete zum Küchenfenster.

Eine Katze hockte auf der Mauer. Eine Hachiware. Es war Granatauge, der Kater, der mir am Hanazono-Schrein begegnet war, nachdem ich mich von Yume-chan verabschiedet hatte.

Granatauge presste sein Gesicht an die Fensterluke und schaute sich im Lokal um.

Amüsiert ihr euch gut, heute Abend?, schien sein Blick uns zu fragen, bevor er wieder aus dem Lichtkegel verschwand.

»Da war tatsächlich eine Katze, Mann!«

»Mhm.«

Und ob Sie es glauben oder nicht: Genau in diesem Moment lief der gleiche Song wie damals, als ich zum ersten Mal die Glastür zum Karinka aufschob: Tom Waits' krächzende Reibeisenstimme raunte »Downtown Train«: *Will I see you tonight on a Downtown Train? Every night it's just the same, You leave me lonely now.*

Und damit ging eine weitere Nacht in Shinjuku vorüber.

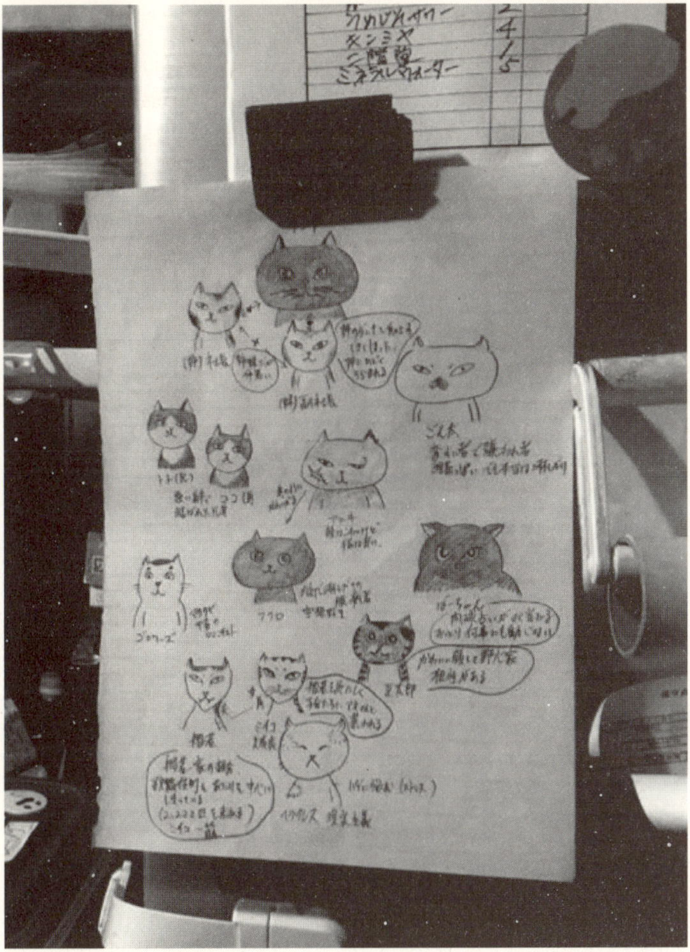